小蜜蜂遨游 低碳百花园

小学误区篇

李 楠 主编

天津科技翻译出版公司

图书在版编目(CIP)数据

小蜜蜂遨游低碳百花园. 小学误区篇 / 李楠主编.
天津: 天津科技翻译出版公司, 2010.10
(低碳在我身边)
ISBN 978-7-5433-2806-8

Ⅰ. ①小… Ⅱ. ①李… Ⅲ. ①节能—少年读物
Ⅳ. ①TK01-49

中国版本图书馆 CIP 数据核字(2010)第 183237 号

出　　版:	天津科技翻译出版公司
出 版 人:	刘　庆
本书策划:	韩伟硕　李乡状
地　　址:	天津市南开区白堤路 244 号
邮　　编:	300192
电　　话:	(022) 87894896
传　　真:	(022) 87895650
网　　址:	www.tsttpc.com
印　　刷:	北京市昌平新兴胶印厂
发　　行:	全国新华书店
版本记录:	787×1092mm　16 开本　15 印张　150 千字 2010 年 10 月第 1 版　2010 年 10 月第 1 次印刷 定价: 29.80 元

(如发现印装问题, 可与出版社调换)

目 录

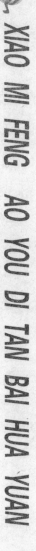

XIAO MI FENG AO YOU DI TAN BAI HUA YUAN

dì yī zhāng
第 一 章

zhè yàng de dī tàn
这 样 的 低 碳 NO！NO！NO！

dì yī jié　　wǒ shì dī tàn diào chá yuán
第一节　我是低碳调查员

bǎi huā yuán lǐ bǎi huā xiāng　mì fēng huān kuài qù fēi xiáng　hā
百 花 园 里 百 花 香，蜜 蜂 欢 快 去 飞 翔。哈

ha　zhè me duō de tián diǎn　xīn xiān yù dī de shuǐ mì táo　jiāo nèn de
哈，这 么 多 的 甜 点！新 鲜 欲 滴 的 水 蜜 桃、娇 嫩 的

shuǐ xiān jiù zài wǒ
水 仙 就 在 我

shēn biān
身 边。

dī tàn bǎi huā
低 碳 百 花

yuán　huā cǎo shù
园，花 草 树

mù tǔ lù zhe tián
木 吐 露 着 甜

tián de fāng
甜 的 芳

好多水果啊

1

XIAO MI FENG AO YOU DI TAN BAI HUA YUAN

小蜜蜂在花丛中飞舞

xiāng zhè kě bú
香。这可不

xiàng wài mian de
像外面的

shì jiè nà me wú
世界那么无

liáo lián yī dī
聊，连一滴

huā mì dōu hǎo nán
花蜜都好难

zhǎo ò xiǎo mì
找哦。小蜜

fēng lè hē hē de sì chù fēi wǔ áo yóu
蜂乐呵呵地四处飞舞遨游。

xiǎo mì fēng xiǎo mì fēng fēng hòu de yī jù huà ràng xiǎo
"小蜜蜂，小蜜蜂。"蜂后的一句话，让小

mì fēng tíng zhǐ le wǔ dòng
蜜蜂停止了舞动。

bài jiàn fēng hòu xiǎo mì fēng zuǐ shàng shuō zhe bài jiàn kě
"拜见蜂后。"小蜜蜂嘴上说着拜见，可

yǎn jīng què jǐn dīng zhe nà xiān hóng yù dī de dà shuǐ mì táo
眼睛却紧盯着那鲜红欲滴的大水蜜桃。

zuò wéi dī tàn bǎi huā yuán zhōng de yī yuán wǒ men mì fēng jiān
"作为低碳百花园中的一员，我们蜜蜂肩

fù zhe zhòng dà de zé rèn fēng hòu shuō yǐ wǎng wǒ men xīn qín
负着重大的责任。"蜂后说，"以往我们辛勤

de cǎi mì shǒu hù zhe fēng cháo ér jīn tiān wǒ men yào xiàng rén men
地采蜜，守护着蜂巢，而今天我们要向人们

xuān chuán dī tàn zhī shí xiǎo mì fēng nǐ zhī dào ma
宣传低碳知识。小蜜蜂，你知道吗？"

小蜜蜂说道："噢，我知道了，我会认真去做的，请蜂后放心。"

"快吃吧，小顽皮。"蜂后慈爱的母性温暖了小蜜蜂。

黄昏时分，花朵们在风中左摇右晃，相当自在。

"小蜜蜂，怎么不吃啊？"蜂后见泪水从小蜜蜂那"心灵的窗户"中流出，顽皮的小蜜蜂低下了头，闷闷地不说话。

"告诉我，小蜜蜂，你为什么如此沮丧呢？"蜂后焦急地问道。

xiǎo mì fēng chóu méi bù zhǎn de shuō　　wǒ de dì di xiǎo xiǎo mì
小蜜蜂愁眉不展地说："我的弟弟小小蜜
fēng bèi gāo wēn gěi rè bìng le　ér wǒ què bù míng bái　wèi shén me
蜂，被高温给热病了。而我却不明白，为什么
wēn dù tū rán jiù shēng de nà me gāo le ne
温度突然就升得那么高了呢？"

ō　shì zhè yàng a　nà wǒ jiāo gěi nǐ yī xiàng jiān jù ér yòu yì
"噢，是这样啊。那我交给你一项艰巨而又意
yì zhòng dà de rèn wù ba　fēng hòu shuō
义重大的任务吧。"蜂后说。

小蜜蜂含泪与蜂后对话

fēng hòu
"蜂后
nín jiàn duō shí
您见多识
guǎng　jiù zhí jiē
广，就直接
gào sù wǒ yuán yīn
告诉我原因
ba　　xiǎo mì
吧。"小蜜
fēng jì xù shuō
蜂继续说
dào　　qiú qiú nín
道，"求求您

le　fēng hòu dà měi nǚ
了，蜂后大美女。"

fēng hòu liǎn shàng fàn qǐ hóng yùn　hǎo xiàng gè dà shuǐ mì táo
蜂后脸上泛起红晕，好像个大水蜜桃。
fēng hòu cóng róng de shuō dào　　nǐ wán chéng le zhè xiàng rèn
蜂后从容地说道："你完成了这项任

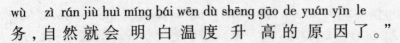

务，自然就会明白温度升高的原因了。"

小蜜蜂焦急地问道："那您快告诉我什么
任务吧。"

蜂后说："小蜜蜂，你要去低碳百花园外
面调查。""调查什么啊？"小蜜蜂起了急性子。

"你作为低碳调查员，第一项去调查冰
箱。"没等小蜜蜂再问，蜂后接着说，"后
面要调查的，我会陆续告诉你的。"

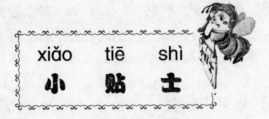

xiǎo tiē shì
小 贴 士

气温增高主要有以下三个原因：

1．二氧化碳增多

二氧化碳和温室玻璃的作用相似，对地球
起着保温的作用。二氧化碳增多会产生温

shì xiào yìng　dǎo zhì dì qiú biàn nuǎn　jiù shì shuō dì qiú zhè gè dà fáng
室 效 应 ，导 致 地 球 变 暖 。就 是 说 地 球 这 个 大 房

zi lǐ fàng le tài hòu de bō li　cái huì zhè me rè de
子 里 放 了 太 厚 的 玻 璃 ，才 会 这 么 热 的 。

fú lì áng pái fàng zēng duō　pò huài chòu yǎng céng
2. 氟 利 昂 排 放 增 多 ，破 坏 臭 氧 层

dà qì zhōng de chòu yǎng céng zǔ zhǐ le zǐ wài xiàn　cái dàn shēng
大 气 中 的 臭 氧 层 阻 止 了 紫 外 线 ，才 诞 生

le shēng mìng　kě shì xiàn zài rén lèi zhèng qīn shǒu pò huài shǒu wèi dì
了 生 命 。可 是 现 在 人 类 正 亲 手 破 坏 守 卫 地

qiú fáng zhǐ zǐ wài xiàn zhí jiē zhào shè de chòu yǎng céng　fú lì áng
球 防 止 紫 外 线 直 接 照 射 的 臭 氧 层 ——氟 利 昂

pái fàng zēng duō　dǎo zhì chòu yǎng céng pò huài
排 放 增 多 ，导 致 臭 氧 层 破 坏 。

rú guǒ bèi chòu yǎng céng suǒ zǔ dǎng de zǐ wài xiàn zhí jiē zhào shè
如 果 被 臭 氧 层 所 阻 挡 的 紫 外 线 直 接 照 射

rén tǐ　huì róng yì dǎo zhì pí fū ái　bái nèi zhàng　shī míng yǐ jí
人 体 ，会 容 易 导 致 皮 肤 癌 、白 内 障 、失 明 以 及

miǎn yì lì dī xià suǒ yǐn qǐ de ài zī bìng děng bìng dú xìng jí bìng
免 疫 力 低 下 所 引 起 的 艾 滋 病 等 病 毒 性 疾 病 。

gèng yǒu shèn zhě zǐ wài xiàn hái huì duì shēng wù xì bāo de yí chuán jī
更 有 甚 者 紫 外 线 还 会 对 生 物 细 胞 的 遗 传 基

yīn　　yǒu yǐng xiǎng　chòu yǎng céng de pò huài yě huì chǎn shēng
因 （DNA）有 影 响 。臭 氧 层 的 破 坏 也 会 产 生

wēn shì xiào yìng　duì dì qiú biàn nuǎn yě yǒu zhòng dà de yǐng xiǎng
温 室 效 应 ，对 地 球 变 暖 也 有 重 大 的 影 响 。

sēn lín de dà liàng kǎn fá
3. 森 林 的 大 量 砍 伐

běn lái kě dà liàng xī shōu èr yǎng huà tàn de sēn lín bú zài le
本 来 可 大 量 吸 收 二 氧 化 碳 的 森 林 不 在 了 ，

yīng bèi xī shōu de èr yǎng huà tàn wèi bèi xī shōu　yě shì dǎo zhì dì qiú
应被吸收的二氧化碳未被吸收，也是导致地球

biàn nuǎn de yuán yīn
变暖的原因。

è ěr ní nuò xiàn xiàng
4. 厄尔尼诺现象

è ěr ní nuò shì yī zhǒng zhōu qī xìng de zì rán xiàn xiàng　yuē
厄尔尼诺是一种周期性的自然现象，约7

nián chū xiàn yī cì　dōng tài píng yáng běn yīng shòu hán liú kòng zhì de
年出现一次。东太平洋本应受寒流控制的

dì qū tū rán bèi yī gǔ nuǎn liú qǔ dài　dǎo zhì běn yīng hán lěng de dì
地区突然被一股暖流取代，导致本应寒冷的地

qū yě hěn wēn nuǎn
区也很温暖。

dì èr jié　bú yào zhè yàng yòng bīng xiāng
第二节　不要这样用冰箱

xiǎo mì fēng xīn
小蜜蜂心

xiǎng　diào chá jiù
想："调查就

diào chá　tā huī wǔ
调查。"他挥舞

zhe chì bǎng　fēi chū
着翅膀，飞出

dī tàn bǎi huā yuán
低碳百花园。

guāng dāng
"咣当"，

撞在冰箱上的小蜜蜂眼冒金星

xiǎo mì fēng bèi yī gè gāo gāo dà dà de dōng xī zhuàng de yǎn mào jīn
小蜜蜂被一个高高大大的东西 撞 得眼冒金
xīng yūn le guò qù
星,晕了过去。

duì bù qǐ xiǎo mì fēng wǒ shì bīng
"对……不……起,小……蜜……蜂。我是冰
xiāng yīn wèi wǒ bú huì yí dòng nǐ cái zhuàng shàng le wǒ
箱,因为我不会移动,你才 撞 上了我。"

cóng yūn xuàn zhōng xǐng lái de xiǎo mì fēng yī liǎn wú nài de kàn
从晕 眩 中 醒来的小蜜蜂一脸无奈地看
zhe zhè gè dà bīng xiāng kāi kǒu kuáng jiào á nǐ jiù shì dà bīng
着这个大冰 箱,开口 狂 叫: "啊,你就是大冰
xiāng jiù shì nǐ bǎ wǒ dì di gěi rè bìng le
箱 ,就是你把我弟弟给热病了。"

bīng xiāng hěn màn hěn màn de shuō dào shì a wǒ shì bīng
冰 箱 很 慢 很 慢 地 说 道: "是啊,我是冰
xiāng méi cuò kě shì
箱 没错,可是……"

kě shì shén me
"可是什么,
nǐ zhè gè huài dàn
你这个坏蛋,
huán wǒ dì di nǐ huán
还我弟弟,你还
wǒ dì di
我弟弟……"

bīng xiāng píng jìng
冰 箱 平 静
de shuō tīng wǒ
地 说: "听我

小蜜蜂与冰箱对话

shuō xiǎo mì fēng shì rén men guò duō de shǐ yòng le wǒ suǒ yǐ wǒ cái
说小蜜蜂，是人们过多地使用了我，所以我才
pái fàng le guò duō de fú lì áng pò huài chòu yǎng céng chǎn shēng
排放了过多的氟利昂，破坏臭氧层，产生
wēn shì xiào yìng dǎo zhì dì qiú biàn nuǎn de
温室效应，导致地球变暖的。”

shì ma xiǎo mì fēng bú fàng xīn de wèn nǐ méi piàn wǒ
“是吗？”小蜜蜂不放心地问，“你没骗我？”

zhè yàng ba wǒ yě bù qiáng qiú nǐ xiāng xìn děng yī huì er zhǔ
“这样吧，我也不强求你相信，等一会儿主
rén huí lái nǐ jiù zhī dào le
人回来你就知道了。”

shí jiān zài děng dài zhōng yī miǎo yī miǎo de zǒu guò zài zhōng
时间在等待中一秒一秒地走过，在钟
biǎo de dī dā shēng zhōng zǒu guò bù yī huì er zhè jiā de zhǔ rén huí
表的滴嗒声中走过。不一会儿，这家的主人回
lái le
来了。

mā ma mā ma wǒ hǎo rè hǎo kě a nán hái duì tā mā ma
“妈妈，妈妈，我好热好渴啊。”男孩对他妈妈
shuō dào ò mā ma nǐ bīng xiāng mén méi guān na
说道，“哦，妈妈，你冰箱门没关哪。”

mā ma wú suǒ wèi de shuō dào méi shì de ér zi bīng xiāng
妈妈无所谓地说道：“没事的，儿子。冰箱
bù guān mén bú jiù xiāng dāng yú kōng tiáo ma nǐ kàn zhè wū lǐ duō
不关门不就相当于空调吗，你看这屋里多
liáng kuài a
凉快啊。”

chī guò dōng xī hòu mā ma hé ér zi jiù qù xiū xī le wū zi lǐ
吃过东西后，妈妈和儿子就去休息了，屋子里

XIAO MI FENG AO YOU DI TAN BAI HUA YUAN

小蜜蜂与女主人谈话

yòu huī fù le ān jìng
又恢复了安静。

xiǎo mì fēng kāi
小蜜蜂开

kǒu shuō huà le
口说话了:"

bīng xiāng wǒ zhōng
冰箱,我终

yú zhī dào zhēn xiàng
于知道真相

le
了。"

shì ma nà nǐ
"是吗?那你

gěi wǒ jiǎng jiǎng bei bīng xiāng shuō dào
给我讲讲呗。"冰箱说道。

fú lì áng guò dù pái fàng shǐ dì qiú biàn nuǎn shì yóu yú rén men
"氟利昂过度排放使地球变暖,是由于人们

yě jiù shì bīng xiāng de zhǔ rén men méi yǒu zhèng què shǐ yòng bīng xiāng
也就是冰箱的主人们,没有正确使用冰箱

suǒ dǎo zhì de xiǎo mì fēng hěn rèn zhēn de shuō
所导致的。"小蜜蜂很认真地说。

kuān chǎng de wū zi lǐ bīng xiāng yóu zhōng de kuā jiǎng xiǎo
宽敞的屋子里,冰箱由衷地夸奖小

mì fēng shuō de mán hǎo ma zhè huí wǒ men de xiǎo mì fēng
蜜蜂:"说得蛮好嘛,这回我们的小蜜蜂

chéng dà lǐ lùn jiā la
成大理论家啦。"

wǒ kě shì fēng hòu rèn mìng de dī tàn diào chá yuán ne xiǎo mì
"我可是蜂后任命的低碳调查员呢。"小蜜

fēng jiāo ào de shuō
蜂 骄 傲 地 说 。

xiǎo mì fēng gāo xìng de wéi zhe bīng xiāng zhuàn le jǐ quān biǎo shì
小 蜜 蜂 高 兴 地 围 着 冰 箱 转 了 几 圈 表 示

gǎn xiè suí hòu yǔ bīng xiāng huī shǒu gào bié
感 谢 ，随 后 与 冰 箱 挥 手 告 别 。

xiǎo mì fēng xīn xiǎng zhè yàng de diào chá shì bù quán miàn
小 蜜 蜂 心 想 ："这 样 的 调 查 是 不 全 面

de wǒ yīng gāi zài duō zǒu fǎng yī xià yú shì xiǎo mì fēng fēi dào le
的 ，我 应 该 再 多 走 访 一 下 。"于 是 小 蜜 蜂 飞 到 了

bīng xiāng dà mài chǎng
冰 箱 大 卖 场 。

quán chéng rè mài quán chéng rè mài bīng xiāng tè huì zhōu
"全 城 热 卖 ，全 城 热 卖 。冰 箱 特 惠 周

huó dòng xiàn yǐ zhǎn kāi wàng guǎng dà gù kè mò shī liáng jī zhuā
活 动 现 已 展 开 ，望 广 大 顾 客 莫 失 良 机 ，抓

jǐn jī huì mài
紧 机 会 。"卖

chǎng de shòu huò
场 的 售 货

yuán pīn mìng de hǎn
员 拼 命 地 喊

zhe gù kè men wéi
着 。顾 客 们 围

zhe bīng xiāng
着 冰 箱 ，

guān kàn le qǐ lái
观 看 了 起 来 。

小蜜蜂绕着冰箱飞舞

rén kě zhēn
"人 可 真

duō ya xiǎo mì
多呀。"小蜜

fēng yě còu le
蜂也凑了

shàng qù
上去。

冰箱大卖场

wǒ men jiā
"我们家

gè zhǒng pǐn pái de
各种品牌的

jié néng bīng xiāng
节能冰箱

yīng yǒu jìn yǒu　　shòu huò yuán shuō
应有尽有。"售货员说。

yǒu gù kè wèn　　　nǐ zěn me zhèng míng nǐ jiā de bīng xiāng jié
有顾客问:"你怎么证 明你家的冰 箱节

néng ne
能呢?"

zhè wèi gù kè　zhè gè wèn tí hǎo shuō　　shòu huò yuán zì xìn de
"这位顾客,这个问题好说。"售货员自信地

shuō dào　　cóng guó jiā yī jí jié néng biāo zhǔn　ōu zhōu néng hào
说道:"从国家一级节能标准 、欧洲能耗

děng jí dào měi guó jié néng zhī xīng　fú hé zhè xiē biāo zhǔn de bīng
等级到美国节能之星,符合这些标 准的冰

xiāng wǒ men yīng yǒu jìn yǒu　guó jiā de biāo zhǔn　shì jiè de biāo
箱我们应有尽有。国家的标 准 、世界的标

zhǔn　jié néng bù dá biāo shì bú huì ràng nǐ guà shàng zhè gè biāo zhì
准,节能不达标是不会让你挂 上 这个标志

de qiáo qiao　zhè kuǎn shì shì jiè zuì jié néng de　zhè kuǎn shì zhōng
的。瞧瞧,这 款是世界最节能的,这 款是中

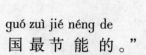

guó zuì jié néng de
国 最 节 能 的。"

tīng lái tīng qù　xiǎo mì fēng yě yǒu xiē nòng bù dǒng le　yú shì
听 来 听 去，小 蜜 蜂 也 有 些 弄 不 懂 了。于 是，

tā qù zī xún yǒu guān zhuān jiā
他 去 咨 询 有 关 专 家。

tīng dào xiǎo mì fēng de yí wèn　zhuān jiā shuō　　bīng xiāng jié
听 到 小 蜜 蜂 的 疑 问，专 家 说："冰 箱 节

néng shì hǎo shì　zhè yǒu lì yú jiǎn shǎo fú lì áng de guò duō pái fàng
能 是 好 事，这 有 利 于 减 少 氟 利 昂 的 过 多 排 放，

huǎn jiě dì qiú biàn nuǎn　dàn jié néng yīng shì zài bǎo chí qiáng dòng lì
缓 解 地 球 变 暖。但 节 能 应 是 在 保 持 强 冻 力

qián tí xià de jié néng　héng liáng jié néng de biāo zhǔn yīng gāi yóu bīng
前 提 下 的 节 能。衡 量 节 能 的 标 准 应 该 由 冰

xiāng yǒu xiào róng jī　dòng lì hé rì hào diàn liàng sān gè yuán sù zōng
箱 有 效 容 积、冻 力 和 日 耗 电 量 三 个 元 素 综

hé lái kǎo liáng　lí kāi qí zhōng rèn hé yī gè bù fèn tán jié néng dōu shì
合 来 考 量。离 开 其 中 任 何 一 个 部 分 谈 节 能 都 是

bù wán zhěng de
不 完 整 的。"

tīng dào zhuān jiā de jiǎng shù　xiǎo mì fēng hǎo xiàng míng bái le
听 到 专 家 的 讲 述，小 蜜 蜂 好 像 明 白 了

yī xiē dào lǐ　tā xiǎng　　bīng xiāng jié néng shuǐ píng zěn me yàng
一 些 道 理。他 想："冰 箱 节 能 水 平 怎 么 样，

hái yào zì jǐ zǐ xì kàn　bù néng zhǐ tīng bié rén de shuō fǎ　guāng mǎi
还 要 自 己 仔 细 看，不 能 只 听 别 人 的 说 法。光 买

hǎo de hái bú gòu　hái yào yòng hǎo
好 的 还 不 够，还 要 用 好。"

xiǎo mì fēng yǒu xiē lèi le　fēi dào yī kē dà shù shàng shuì zháo le
小 蜜 蜂 有 些 累 了，飞 到 一 棵 大 树 上 睡 着 了。

XIAO MI FENG AO YOU DI TAN BAI HUA YUAN

小蜜蜂在大树上睡着了

他的身体随着树叶摇摆，月亮出来时，美滋滋的笑容还挂在脸上。

在梦中，小蜜蜂再一次看见了美丽的蜂后。"蜂后，接下来我要调查的是什么啊？"

"人们的生活离不开电灯，你去找电灯做调查吧。"蜂后说道。

小蜜蜂梦见蜂后

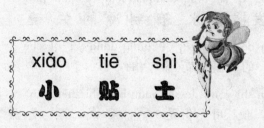

xiǎo tiē shì
小 贴 士

bīng xiāng de　gè jié diàn wù qū
冰 箱 的5个节电误区

bīng xiāng mén bù guān
1．冰 箱 门 不 关

bīng xiāng mén wèi guān huò wèi guān yán huì dǎo zhì bīng xiāng
冰 箱 门 未 关 或 未 关 严 会 导 致 冰 箱

gōng zuò xiào lǜ dī　cóng ér zēng jiā hào diàn liàng
工 作 效 率 低 ，从 而 增 加 耗 电 量 。

fā pào céng tài hòu bìng bù yī dìng hǎo
2．发 泡 层 太 厚 并 不 一 定 好

hǎo duō shāng jiā jí lì qiáng diào zì jiā bīng xiāng de fā pào céng
好 多 商 家 极 力 强 调 自 家 冰 箱 的 发 泡 层

yǒu duō hòu　bǎo wēn zhì lěng xiào guǒ yǒu duō qiáng　shì shí bìng fēi rú
有 多 厚 ，保 温 制 冷 效 果 有 多 强 ，事 实 并 非 如

cǐ　fā pào céng de hé lǐ pǐ pèi　jí àn zhào xiāng guān cān shù jìn
此 。发 泡 层 的 合 理 匹 配 ，即 按 照 相 关 参 数 进

xíng jūn yún pèi zhì yuǎn bǐ zēng jiā hòu dù xiào guǒ lái de hǎo　jiù xiàng
行 均 匀 配 置 远 比 增 加 厚 度 效 果 来 得 好 。就 像

shì chuān liǎng jiàn máo yī de xiào guǒ　bìng bù rú chuān yī jiàn bǎo
是 穿 两 件 毛 衣 的 效 果 ，并 不 如 穿 一 件 保

nuǎn nèi yī xiào guǒ hǎo　cǐ wài　guò hòu de fā pào céng yě shì jiàng
暖 内 衣 效 果 好 。此 外 ，过 厚 的 发 泡 层 也 是 降

dī bīng xiāng jìng róng jī de　yuán xiōng
低 冰 箱 净 容 积 的 " 元 凶 "。

3. 蒸发器是冰箱制冷的关键

冰箱的蒸发器相当于汽车的发动机。

目前普遍使用的是管板式蒸发器和丝管式蒸发器。

在冰箱使用时，尽量不要在其上面覆盖太多东西。否则就会影响散热，达不到应有的制冷效果。

4. 压缩机是否节能

压缩机是冰箱的耗电"大户"，它的运行频率及时间取决于冰箱整体情况，但其自身是否高效节能，在冰箱的整体效能方面起着关键的作用。

目前的压缩机压缩方式主要有往复式和旋转式两种。在我国主要有扎怒西、恩布拉科等压缩机，其中扎怒西是业内公认的最

gāo xiào de yā suō jī
高 效 的 压 缩 机 。

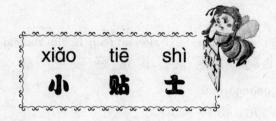

xiǎo tiē shì
小　贴　士

bīng xiāng de zǔ chéng bù fèn
冰 箱 的 组 成 部 分

xiāng tǐ hé mén tǐ　 zhǔ yào bāo kuò xiāng ké　 mén ké　 xiāng
1．箱 体 和 门 体：主 要 包 括 箱 壳、门 壳、箱

dǎn　 mén dǎn　 gé rè céng　 mén jiǎo liàn　 mén fēng tiáo
胆 、门 胆 、隔 热 层 、门 铰 链 、门 封 条 。

zhì lěng xì tǒng　 zhǔ yào bāo kuò yā suō jī　 lěng níng qì　 máo
2．制 冷 系 统：主 要 包 括 压 缩 机、冷 凝 器、毛

xì guǎn　 zhēng fā qì　 gān zào guò lǜ qì　 zhì lěng jì
细 管 、蒸 发 器、干 燥 过 滤 器 、制 冷 剂 。

diàn qì xì tǒng　 zhǔ yào bāo kuò jī xiè shì wēn kòng bīng xiāng
3．电 气 系 统：主 要 包 括 机 械 式 温 控 冰 箱

diàn qì xì tǒng líng bù jiàn　 diàn nǎo wēn kòng bīng xiāng diàn qì xì
电 气 系 统 零 部 件 、电 脑 温 控 冰 箱 电 气 系

tǒng
统 。

fù jiàn　 zhǔ yào bāo kuò gāng sī gé jià　 píng miàn gāng huà bō
4．附 件：主 要 包 括 钢 丝 搁 架 、平 面 钢 化 玻

li　 bú tòu míng chōu tì huò tòu míng chōu tì　 sù liào gé jià
璃 、不 透 明 抽 屉 或 透 明 抽 屉、塑 料 搁 架 。

XIAO MI FENG AO YOU DI TAN BAI HUA YUAN

dì sān jié　xún zhǎo diàn dēng xiǎo mì mì
第三节　寻找电灯小秘密

fēi a　fēi a　fēi a fēi　xiǎo mì fēng tū rán zhuàng dào le yī bù
飞啊，飞啊，飞啊飞。小蜜蜂突然　撞　到了一不

zhī míng de fā guāng wù tǐ
知名的发光物体。

hǎo tàng a
"好烫啊，

zhè shì shén me a
这是什么啊？"

xiǎo mì fēng yí huò
小蜜蜂疑惑

de wèn
地问。

fā guāng wù tǐ
发光物体

shuō dào　　wǒ shì
说道："我是

jié néng dēng
节能灯。"

小蜜蜂向发光的灯飞去

nà nǐ wèi shén me zhè me tàng a　gāng cái hái yī shǎn yī shǎn
"那你为什么这么烫啊，刚才还一闪一闪

de　xiǎo mì fēng wèn
的？"小蜜蜂问。

jié néng dēng shuō　　wǒ de xiǎo zhǔ rén tài ài wán la
节能灯说："我的小主人太爱玩啦。

jiù shì shuō　cháng shí jiān kāi dēng huò zhě pín fán kāi guān dēng
"就是说，长时间开灯或者频繁开关灯，

你也受不了吧？"

小蜜蜂关心地问道，"那你旁边的节能灯，为什么都暗淡啦？"

真假节能灯

"我旁边那个节能灯是假冒伪劣产品，浑水摸鱼进来的。"节能灯说。

小蜜蜂眨着大眼睛说："节能灯，你刚才说你的小主人长时间开灯或者频繁开关灯，你就会发烫的。那么，怎样才能用好节能灯呢？"

"小蜜蜂，我给你讲一个故事，你就明白怎样用好节能灯啦。你想听吗？"节能灯说。

小蜜蜂高兴地说："当然想听了。我作

wéi dī tàn diào chá yuán　duō duō liǎo jiě dī tàn jié néng zhī shí shì yì bù
为低碳调查员，多多了解低碳节能知识是义不

róng cí de
容辞的。"

zài yī gè yáo yuǎn de wáng guó　zhù zhe yī wèi shuài qì de wáng
"在一个遥远的王国，住着一位帅气的王

好吃懒做的邋遢王子

zǐ　tā bèi hěn duō
子，他被很多

rén jìng yǎng　kě
人敬仰。可

shì　xǔ duō rén bù zhī
是，许多人不知

dào　wáng zǐ yǐ qián
道，王子以前

shì bèi rén tuò qì de
是被人唾弃的，

yīn wèi tā yòu chán
因为他又馋

yòu lǎn hái tān wán
又懒还贪玩。"

zhè yǐn qǐ le xiǎo mì fēng de nóng hòu xìng qù　　lā tā wáng zǐ
这引起了小蜜蜂的浓厚兴趣："邋遢王子

shì zěn me biàn chéng shuài qì wáng zǐ de a
是怎么变成帅气王子的啊？"

jié néng dēng shuō　　xià miàn nǐ jiù hǎo hǎo tīng a
节能灯说："下面你就好好听啊。

zhè gè wáng guó fēng jǐng gé wài měi lì　yǒu shān　yǒu shuǐ　yǒu
"这个王国风景格外美丽，有山、有水、有

xiān huā　yǒu shuǐ guǒ
鲜花、有水果。

"在这里居住的人们，友善而彼此关爱。唯独王子很邋遢。

美丽的王国

"有一天，邋遢王子悠闲地散步，嘴里叼着炸鸡腿，吃得不亦乐乎。

"一位漂亮的姑娘，从王子身边经过时，突然停了下来。'王子殿下，您太邋遢了。'漂亮姑娘说完这句话头也不回地走了。

"王子心里很受打击，决心改变自己，不再邋遢。

"这天，漂亮姑娘在屋子里读书，恰巧王

21

XIAO MI FENG AO YOU DI TAN BAI HUA YUAN

漂亮的姑娘

zǐ cóng chuāng wài jīng
子 从 窗 外 经

guò　　gū niang　nǐ bái
过。'姑 娘，你 白

tiān dú shū wèi hé bù kāi
天 读 书 为 何 不 开

dēng a
灯 啊？'

gū niang tīng le
"姑 娘 听 了

wáng zǐ de huà hěn shì bù
王 子 的 话 很 是 不

gāo xìng　　tā duì wáng zǐ
高 兴，她 对 王 子

shuō　　　wǒ yào hé nǐ dǎ
说：'我 要 和 你 打

gè dǔ　zěn me yàng
个 赌，怎 么 样？'

wáng zǐ shuō dào　　méi wèn tí　nǐ shuō ba　dǎ shén me dǔ
"王 子 说 道：'没 问 题。你 说 吧，打 什 么 赌？'

nǐ yào néng zài　　tiān de shí jiān lǐ　tiān tiān yòng hǎo jié néng
"你 要 能 在100天 的 时 间 里，天 天 用 好 节 能

dēng　wǒ jiù dā yìng jià gěi nǐ
灯，我 就 答 应 嫁 给 你。

wáng zǐ xīn xiǎng zhè me piào liàng ér yòu yǒng gǎn de gū niang
"王 子 心 想 这 么 漂 亮 而 又 勇 敢 的 姑 娘，

yào shì néng jià gěi wǒ　nà kě tài hǎo la
要 是 能 嫁 给 我，那 可 太 好 啦。

wáng zǐ zhǎo lái le suǒ yǒu néng yòng shàng de shū jí hé zī liào
"王 子 找 来 了 所 有 能 用 上 的 书 籍 和 资 料，

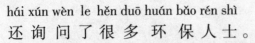

hái xún wèn le hěn duō huán bǎo rén shì
还询问了很多环保人士。

shū shàng hé zhuān jiā zhè me shuō　mǎi dà chǎng jiā chū de zhì
"书上和专家这么说：买大厂家出的质

liàng hǎo de jié néng dēng　yǒu lì yú tí gāo jié néng dēng de shǐ yòng
量好的节能灯，有利于提高节能灯的使用

nián xiàn　jié néng dēng yào ān zhì zài hé shì de dì fāng　diàn liàng yào
年限。节能灯要安置在合适的地方，电量要

yǔ gōng lù xiāng pǐ pèi　cǐ wài　shǐ yòn yī dìng shí jiān yào jí shí gēng
与功率相匹配。此外，使用一定时间要及时更

huàn
换。

wáng zǐ rú huò zhì bǎo　tā àn zhào zhèng cháng de fāng fǎ qù shǐ
"王子如获至宝，他按照正常的方法去使

yòng jié néng dēng
用节能灯。

yī tiān　liǎng
"一天、两

tiān　sān tiān　sì tiān
天、三天、四天

shí tiān　　wǔ
……十天……五

shí tiān　　yī bǎi
十天……一百

tiān
天。

wáng zǐ tā zuò
"王子他做

dào le　yī bǎi tiān
到了，一百天，

王子凝望着节能灯

23

天天用好节能灯。

"漂亮的姑娘答应嫁给王子。可是，婚礼举办前夕，姑娘却住进了医院。"

节能灯反问道："小蜜蜂，你知道这是怎么回事吗？"

"快告诉我啊。"小蜜蜂很是迫不及待。

节能灯说："王子来到医院时，姑娘已经苏醒了。"

"原来，姑娘去采野果时，由于地球变暖天气太热，姑娘中暑了。幸好，有人路过及时把姑娘送到了医院。后来，姑娘兑现诺言嫁给了王子，王子也改掉了邋遢的坏习惯，两人过上了幸福的生活。

"这个故事告诉我们：节约能源的同时，生活也会更加美好。"

fēng er cóng
风 儿 从

xiǎo mì fēng hé jié
小 蜜 蜂 和 节

néng dēng miàn qián
能 灯 面 前

chuī guò huā xiāng
吹 过 ，花 香

yě cóng qí tā dì
也 从 其 他 地

fāng pū miàn ér lái
方 扑 面 而 来。

王子与漂亮姑娘新婚典礼

xiǎo mì fēng
小 蜜 蜂

huān kuài de shuō dào   lā tā wáng zǐ biàn shēn jì   zhēn hǎo
欢 快 地 说 道："邋遢 王 子 变 身 记，真 好！"

wēng wēng wēng   wēng wēng wēng   xiǎo mì fēng tīng guò gù shì
嗡 嗡 嗡，嗡 嗡 嗡。小 蜜 蜂 听 过 故 事

hòu   yī yī bù shě de lí kāi jié néng dēng
后，依 依 不 舍 地 离 开 节 能 灯。

méi fēi duō yuǎn   xiǎo mì fēng kàn jiàn fēng hòu zhèng zài děng zhe
没 飞 多 远，小 蜜 蜂 看 见 蜂 后 正 在 等 着

tā   fēng hòu   wǒ yuè lái yuè yǒu chéng jiù gǎn la   wǒ yào chōng
他。"蜂 后，我 越 来 越 有 成 就 感 啦。我 要 冲

xiàng xià yī gè mù biāo   xiǎo mì fēng shuō
向 下 一 个 目 标……" 小 蜜 蜂 说。

fēng hòu shuō   nǐ de xià yī gè mù biāo shì shuǐ   xiǎo mì fēng
蜂 后 说："你 的 下 一 个 目 标 是 水。"小 蜜 蜂

diǎn diǎn tóu   fēi xiàng xià yī gè mù biāo
点 点 头，飞 向 下 一 个 目 标。

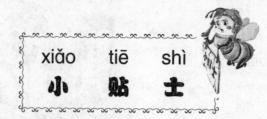

xiǎo tiē shì
小 贴 士

zhèng què shǐ yòng jié néng dēng de wǔ zhǒng fāng fǎ
正 确 使 用 节 能 灯 的 五 种 方法

zhù yì dēng shàng biāo zhù de shǐ yòng diàn yā
1.注意灯 上 标注的使 用 电压

shǐ yòng jié néng dēng shí diàn yā yào yǔ jié néng dēng suǒ xū diàn
使用节 能 灯时， 电压要与节 能 灯所需电

yā xiāng tóng huò xiāng jìn rú guǒ diàn yā guò gāo huò zhě guò dī jié
压相 同 或 相 近，如果电压过高或者过低，节

néng dēng de shǐ yòng shòu mìng jiù huì shòu dào yǐng xiǎng
能 灯的使 用 寿 命 就会受到影 响 。

yīng shǐ yòng zhì liàng hé gé de pǐn pái
2.应 使 用 质量 合格的品 牌

jǐng tì hé jù jué shǐ yòng liè zhì chǎn pǐn liè zhì chǎn pǐn bù jǐn zì
警 惕和拒绝使 用 劣质产 品。劣质产 品不仅自

shēn zhì liàng wú fǎ bǎo zhèng hái kě néng sǔn huǐ qí tā diàn qì
身 质量无法保 证 ，还可能 损毁其他电器。

zhù yì xuǎn zé hé zhèng què shǐ yòng jié néng dēng gōng lù
3.注意选 择 和 正 确使 用 节 能 灯 功率

jié néng dēng de guāng xiào yī bān bǐ bái chì dēng gāo yuán lái shǐ
节 能 灯的 光 效一般比白炽灯 高。原来使

yòng bái chì dēng de dì fāng xiàn zài shǐ yòng dī yī xiē gōng lù de jié
用白炽灯的地方，现在使 用 低一些 功率的节

néng dēng jiù kě yǐ le
能 灯就可以了。

jìn liàng jiǎn shǎo dēng de kāi guān cì shù
4.尽量减少灯的开关次数

měi kāi guān yī cì   jié néng dēng de shǐ yòng shòu mìng dōu huì
每开关一次，节能灯的使用寿命都会

xiāng yìng jiàng dī   suǒ yǐ   zài píng shí yào jìn liàng jiǎn shǎo kāi dēng
相应降低。所以，在平时要尽量减少开灯

hé guān dēng de cì shù
和关灯的次数。

jí shí gēng huàn xīn dēng
5.及时更换新灯

jié néng dēng zài jīng guò cháng shí jiān de shǐ yòng zhī hòu   guāng
节能灯在经过长时间的使用之后，光

tōng liàng jiù huì dà fú dù de xià jiàng   huì yuè lái yuè àn   zhè shí yào
通量就会大幅度地下降，会越来越暗，这时要

zhù yì jí shí gēng huàn xīn dēng
注意及时更换新灯。

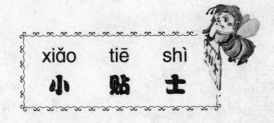

xiǎo   tiē   shì
小　贴　士

dēng de xiàng zhēng yì yì
灯的象征意义

guāng míng   dēng liàng shí   tā zhào dào de dì fāng dōu shì míng
1．光明：灯亮时，它照到的地方都是明

liàng de   guāng míng de
亮的、光明的。

xī wàng   dēng ràng rén yǎn qián yī liàng   gǎn jué dào xī wàng
2．希望：灯让人眼前一亮，感觉到希望。

jiān chí　　zhǐ yào bǎ tā diǎn liàng　　tā jiù yī zhí liàng zhe
3．坚持：只要把它点亮，它就一直亮着，
guāng yào sì fāng
光耀四方。

zhù rén　　dāng rén men xū yào shí　　tā jiù míng liàng　　yǒu máng
4．助人：当人们需要时，它就明亮，有忙
jiù bāng　　zhù rén wéi lè
就帮，助人为乐。

dì sì jié　　zhēn xī měi yī dī shuǐ
第四节　珍惜每一滴水

jīng guò yī yè de xiū xī　　xiǎo mì fēng yòu kāi shǐ fēi xíng　　bù zhī
经过一夜的休息，小蜜蜂又开始飞行。不知
bù jué jiān　　xiǎo mì fēng fā xiàn zì jǐ jìng rán fēi dào yī gè chòu shuǐ
不觉间，小蜜蜂发现自己竟然飞到一个臭水
gōu de biān shàng
沟的边上。

奇臭无比的臭水沟

yā　　shuǐ biān
"呀，水边
de tǔ rǎng dōu shì hēi
的土壤都是黑
sè de　　zhè shì zěn me
色的，这是怎么
huí shì a　　xiǎo mì
回事啊？"小蜜
fēng wǔ zhe bí zǐ
蜂捂着鼻子，
hǎo chòu a
"好臭啊"。

小蜜蜂迅速地飞了起来，寻找可以呼吸新鲜空气的地方。

几分钟过去了，小蜜蜂感觉刺鼻的味道不那么严重了。

他左右摇晃了下已经发晕的脑袋，抖了抖翅膀上的灰尘。

忽然间，几个耀眼的字，出现在小蜜蜂的眼前——污水处理厂。

污水处理厂

"怪不得有这么刺鼻的味道。"

"小蜜蜂，不要光在这里看，你应去居民区多了解了解。"蜂后的突然出现真是让小蜜

XIAO MI FENG AO YOU DI TAN BAI HUA YUAN

fēng gāo xìng jí le
蜂 高 兴 极 了。

xiǎo mì fēng xìng fèn de dá dào   wǒ xiàn zài jiù qù la
小 蜜 蜂 兴 奋 地 答 道:"我 现 在 就 去 啦。"

wǒ hái yào gào sù nǐ   nǐ de dì di xiǎo xiǎo mì fēng yǐ jīng kāng
"我 还 要 告 诉 你,你 的 弟 弟 小 小 蜜 蜂 已 经 康

fù le   zhèng zài xiū yǎng ne   fēng hòu wèn   nǐ xiàn zài yào qù kàn
复 了,正 在 休 养 呢。"蜂 后 问,"你 现 在 要 去 看

kan tā ma
看 他 吗?"

xiǎo mì fēng dá dào   xiān bú qù la   wǒ yào yuán mǎn wán chéng
小 蜜 蜂 答 道:"先 不 去 啦。我 要 圆 满 完 成

nín jiāo gěi wǒ de rèn wù   huí lái hòu zài qù kàn wàng xiǎo xiǎo mì fēng
您 交 给 我 的 任 务,回 来 后 再 去 看 望 小 小 蜜 蜂。"

xiǎo mì fēng de fēi xíng běn lǐng hěn gāo qiáng   méi guò duō dà yī
小 蜜 蜂 的 飞 行 本 领 很 高 强,没 过 多 大 一

huì er   jiù dào le
会 儿,就 到 了

yī hù jū mín jiā
一 户 居 民 家。

tā kàn dào yī
他 看 到 一

míng xiǎo péng yǒu
名 小 朋 友

zài xǐ shǒu   cā xǐ
在 洗 手,擦 洗

shǒu yè shí   shuǐ
手 液 时,水

lóng tóu yě kāi zhe
龙 头 也 开 着,

小朋友洗手,水龙头一直开着

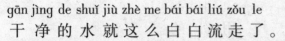

gān jìng de shuǐ jiù zhè me bái bái liú zǒu le
干 净 的 水 就 这 么 白 白 流 走 了。

hǎo kě xī a　zhè me bù zhēn xī shuǐ shì bú duì de　xiǎo péng
"好 可 惜 啊，这 么 不 珍 惜 水 是 不 对 的。小 朋

yǒu kě yǐ ná yī gè xiǎo liǎn pén qù jiē diǎn shuǐ　zhè yàng jiù néng jié
友 可 以 拿 一 个 小 脸 盆 去 接 点 水，这 样 就 能 节

shuǐ la　xiǎo mì fēng xīn xiǎng
水 啦。"小 蜜 蜂 心 想。

zhè gè xiǎo péng yǒu zěn me shuā yá shí　zhǐ hē yī diǎn jiù dào
"这 个 小 朋 友 怎 么 刷 牙 时，只 喝 一 点 就 倒

diào zhěng bēi shuǐ　zhēn shì làng fèi a　xiǎo mì fēng kàn zhe hěn zháo
掉 整 杯 水，真 是 浪 费 啊。"小 蜜 蜂 看 着 很 着

jí　yào shì hē yī diǎn shuǐ jiù shuā yī diǎn　zhè yàng jiù néng yǎng
急，"要 是 喝 一 点 水 就 刷 一 点，这 样 就 能 养

chéng liáng hǎo de jié shuǐ xí guàn le
成 良 好 的 节 水 习 惯 了。"

zhè yòng guò de shuǐ hái kě yǐ chōng mǎ tǒng a　zěn me dào diào
"这 用 过 的 水 还 可 以 冲 马 桶 啊，怎 么 倒 掉

la　xiǎo mì fēng
啦？"小 蜜 蜂

fēi lái fēi qù　hěn
飞 来 飞 去，很

shì qì fèn
是 气 愤。

xiǎo mì fēng lí
小 蜜 蜂 离

kāi jū mín jiā　fēi
开 居 民 家，飞

wǎng gōng chǎng
往 工 厂，

大烟囱冒着浓烟

XIAO MI FENG AO YOU DI TAN BAI HUA YUAN

xiǎng kàn kan tā men shì zěn yàng yòng shuǐ de
想 看看他们是怎样 用 水 的。

gāo gāo de dà yān tǒng mào chū rè qì hé nóng yān pái shuǐ guǎn liú
高高的大烟筒，冒 出 热气和浓 烟。排水 管 流

chū de shuǐ shì wǔ yán liù sè de jiù xiàng huò zhe ní de cǎi hóng yī yàng
出 的水是五颜六色的，就 像 和着泥的彩 虹 一 样 。

xiǎo mì fēng a nǐ kàn dào le ma zhè bú shì zhēn zhèng de cǎi
"小蜜蜂啊，你看到了吗？这不是真 正 的彩

hóng zhè shì bèi wū rǎn de shuǐ yī kē cāng lǎo de dà shù duì xiǎo mì
虹，这是被污染的水。"一棵苍 老的大树对小蜜

fēng shuō
蜂说 。

xiǎo mì fēng bù jiě de wèn dà shù yé ye zhēn zhèng de shuǐ
小蜜蜂不解地问："大树爷爷，真 正 的水

yīng gāi shì shén me yàng zi a
应该是什么样子啊？"

hā hā xiǎo mì fēng néng tí chū wèn tí jiù shì hǎo shì qíng zhè
"哈哈，小蜜蜂，能提出问题就是好事情，这

排水管流出被污染的水

shuō míng nǐ sī
说 明 你 思

kǎo le dà shù
考 了。"大树

yé ye shuō
爷爷说 。

shuǐ yīng gāi
"水 应 该

shì tòu míng de
是 透 明 的。

dàn nǐ kàn zhè lǐ
但 你 看 这 里

de shuǐ dōu kàn
的水，都看

bú dào xiǎo shí tou
不到小石头

hé yú xiā le
和鱼虾了。

清澈的水里有石子和鱼虾

shuǐ yīng
"水应

gāi shì jiàn kāng
该是健康

de dàn nǐ kàn
的。但你看

zhè bèi wū rǎn de shuǐ yòu hēi yòu huáng bié shuō rén hē le jiù shì zhí
这被污染的水，又黑又黄，别说人喝了，就是植

wù hē le yě huì shēng bìng de
物喝了也会生病的。

shuǐ yīng gāi shì liú dòng de bāo róng de wēn róu de chún jié
"水应该是流动的、包容的、温柔的、纯洁

de wán qiáng de jiān rèn de shuǐ shì zuì zuì měi lì de
的、顽强的、坚韧的，水是最最美丽的。"

dà shù yé ye wǒ míng bái la xiǎo mì fēng shuō
"大树爷爷，我明白啦。"小蜜蜂说。

kàn zhe xiǎo mì fēng duì shuǐ yǒu le gèng duō de liǎo jiě dà shù yé
看着小蜜蜂对水有了更多的了解，大树爷

ye liǎn shàng lè kāi le huā
爷脸上乐开了花。

yún duǒ jìng jìng de cóng tiān kōng shàng piāo guò ǒu ěr chuán lái
云朵静静地从天空上飘过，偶尔传来

jǐ shēng niǎo jiào
几声鸟叫。

大树爷爷对小蜜蜂微笑着

XIAO MI FENG AO YOU DI TAN BAI HUA YUAN

xiǎo mì fēng rào
小蜜蜂绕
zhe dà shù yé ye fēi
着大树爷爷飞
wǔ qǐ lái
舞起来。

wǒ men de
"我们的
xiǎo mì fēng fēi
小蜜蜂，飞
xiáng de běn lǐng hěn
翔的本领很

gāo qiáng a   dà shù yé ye kuā jiǎng dào
高强啊。"大树爷爷夸奖道。

xiǎo mì fēng lè hē he de shuō dào   nà dāng rán   wǒ de fēi
小蜜蜂乐呵呵地说道："那当然，我的飞

xiáng běn lǐng shì zuì bàng de
翔本领是最棒的。"

kě bú yào jiāo ào a   dà shù yé ye shuō
"可不要骄傲啊。"大树爷爷说。

xiǎo mì fēng wèn dào   dà shù yé ye   nín shì bú shì yě hěn xǐ
小蜜蜂问道："大树爷爷，您是不是也很喜

huān shuǐ a
欢水啊？"

dà shù yé ye yòu kāi shǐ   yǎn jiǎng le   nà dāng rán le
大树爷爷又开始"演讲"了："那当然了，

shuǐ gěi dà jiā zuò le hǎo duō hǎo duō de gòng xiàn
水给大家做了好多好多的贡献。"

rén men rì cháng yǐn yòng   guàn gài zhuāng jià   jiā qín shēng
"人们日常饮用、灌溉庄稼、家禽牲

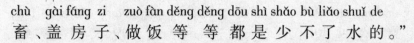

chù gài fáng zi zuò fàn děng děng dōu shì shǎo bù liǎo shuǐ de
畜、盖房子、做饭等等都是少不了水的。"

dà shù yé ye hěn rèn zhēn de shuō suǒ yǐ shuǐ jiù shì shēng mìng
大树爷爷很认真地说:"所以水就是生命

zhī yuán làng fèi shuǐ wū rǎn shuǐ jì bú lì yú huán bǎo yòu bú lì
之源。浪费水、污染水,既不利于环保,又不利

yú jié néng shí zài shì bù yīng gāi de
于节能,实在是不应该的。"

xiǎo mì fēng zhǎ le zhǎ yǎn jīng diǎn diǎn tóu
小蜜蜂眨了眨眼睛,点点头。

zhè shí fēng hòu yòu chū xiàn zài xiǎo mì fēng de miàn qián xiǎo
这时,蜂后又出现在小蜜蜂的面前。"小

mì fēng qù gān hàn shǎo shuǐ de dì fāng gǎn shòu yī xià shuǐ de zhòng
蜜蜂,去干旱少水的地方感受一下水的重

yào xìng ba
要性吧。"

gān hàn de dà dì liè kāi le wú shù dào kǒu zi xiǎo mì fēng gǎn jué
干旱的大地裂开了无数道口子。小蜜蜂感觉

měi gè liè kāi de dà
每个裂开的大

kǒu zi dōu néng bǎ
口子都能把

tā jiá zhù hǎo kě
他夹住,好可

pà a
怕啊。

kōng qì gān
空气干

zào rén men kě de
燥,人们渴得

小蜜蜂向蜂后手指的方向飞去

zuǐ chún dōu yǒu xiē liè le　kàn zhe zhè zhǒng qíng kuàng　xiǎo mì fēng
嘴 唇 都 有 些 裂 了。看 着 这 种 情 况，小 蜜 蜂

xīn lǐ zhēn yǒu xiē bù hǎo shòu
心 里 真 有 些 不 好 受。

xiǎo mì fēng fēi dào le nóng mín bó bo de jiān bǎng shàng　wèn
小 蜜 蜂 飞 到 了 农 民 伯 伯 的 肩 膀 上，问

dào　nóng mín bó bo　zhè me gān hàn de tiān qì nǐ zěn me hái zhòng
道："农 民 伯 伯，这 么 干 旱 的 天 气 你 怎 么 还 种

dì a
地 啊？"

nóng mín bó bo bèi xiǎo mì fēng de dào lái xià le yī tiào　méi
农 民 伯 伯 被 小 蜜 蜂 的 到 来 吓 了 一 跳："没

yǒu bàn fǎ a　bú zhòng dì de huà　bú dàn méi yǒu shōu chéng　lián zì
有 办 法 啊，不 种 地 的 话，不 但 没 有 收 成，连 自

jǐ dōu huì āi è de
己 都 会 挨 饿 的。"

xiǎo mì fēng wèn　nà wèi shén me zhè me gān hàn ya
小 蜜 蜂 问："那 为 什 么 这 么 干 旱 呀？"

nóng mín bó bo xiàng tiān shàng kàn le kàn　yòu qiáo le qiáo yuǎn
农 民 伯 伯 向 天 上 看 了 看，又 瞧 了 瞧 远

chù de chéng shì hé gōng chǎng
处 的 城 市 和 工 厂。

rén kǒu zēng jiā de tài kuài le　gōng chǎng yòng shuǐ tài làng fèi
"人 口 增 加 得 太 快 了。工 厂 用 水 太 浪 费

la　zhí bèi pò huài　shuǐ tǔ liú shī tài yán zhòng le　èr yǎng huà tàn
啦。植 被 破 坏、水 土 流 失 太 严 重 了。二 氧 化 碳

pái fàng tài duō la　nóng mín bó bo yī kǒu qì shuō le hǎo jǐ jù
排 放 太 多 啦……"农 民 伯 伯 一 口 气 说 了 好 几 句

huà
话。

小蜜蜂一句不差 全记在心里，说道："我知
道了，我会向人们宣传不节能的危害的。"

农民伯伯说："小蜜蜂真是好样的。"为
了奖赏小蜜蜂，农民伯伯决定，把自己家的
蜂蜜送给小蜜蜂吃。

"不，农民伯伯，还是留着你们吃吧。"小蜜
蜂很懂事地谢绝了。

小蜜蜂对农民伯伯说了声再见，离开了
干旱的土地。

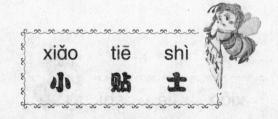

xiǎo tiē shì 小 贴 士

dī tàn shēng huó de hǎo chù
低碳生活的好处

zēng qiáng rén men de jié yuē yì shí
1. 增强人们的节约意识。

cù jìn rén yǔ zì rán hé xié xiāng chǔ huǎn jiě néng yuán jǐn
2. 促进人与自然和谐相处，缓解能源紧

zhāng　jiǎn qīng huán jìng yā lì
张，减轻环境压力。

ràng rén men shēng huó de gèng kē xué
3.让人们生活得更科学。

ràng rén men zhī dào dī tàn hé shēng huó zhì liàng xī xī xiāng
4.让人们知道低碳和生活质量息息相

guān
关。

ràng rén men kāi xīn jiàn kāng de shēng huó
5.让人们开心健康地生活。

ràng rén men zhī dào shǎo shǐ yòng huò bù shǐ yòng yī cì xìng kuài
6.让人们知道少使用或不使用一次性筷

zǐ　kě yǐ shǐ xǔ duō dà shù bú bèi kǎn fá
子，可以使许多大树不被砍伐。

gào sù rén men shǎo zuò chē shǎo kāi chē　duō qí chē duō pǎo
7.告诉人们少坐车少开车，多骑车多跑

bù　shǎo zuò diàn tī duō zǒu lóu tī　bù jǐn dī tàn hái néng duàn liàn
步，少坐电梯多走楼梯，不仅低碳还能锻炼

shēn tǐ
身体。

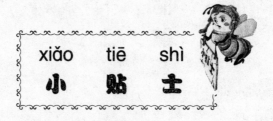

xiǎo tiē shì
小 贴 士

shuǐ duì rén tǐ de zhòng yào xìng
水对人体的重要性

bāng zhù xiāo huà
1.帮助消化

wǒ men rì cháng suǒ chī de shí wù　　yào tōng guò yá chǐ de jǔ jué yǔ
我们日常所吃的食物，要通过牙齿的咀嚼与

tuò yè de shī rùn hòu　　jīng shí dào dào dá cháng wèi
唾液的湿润后，经食道到达肠胃。

2．排泄废物
pái xiè fèi wù

shí wù jīng guò le xī shōu hé xiāo huà zhī hòu　　suǒ shèng yú de cán
食物经过了吸收和消化之后，所剩余的残

zhā fèi wù　　bì xū jīng yóu hàn yè hé dà xiǎo biàn pái chū tǐ wài　　pái xiè
渣废物，必须经由汗液和大小便排出体外。排泄

guò chéng tóng yàng xū yào shuǐ fèn de bāng zhù　　cái néng shùn lì wán
过程同样需要水分的帮助，才能顺利完

chéng
成 。

3．润滑关节
rùn huá guān jié

rú guǒ rén tǐ de guān jié méi yǒu rùn huá yè　　gǔ yǔ gǔ zhī jiān
如果人体的关节没有润滑液，骨与骨之间

fā shēng mó cā jiù huì bù líng huó　　shuǐ jiù shì guān jié rùn huá yè de
发生摩擦就会不灵活，水就是关节润滑液的

lái yuán
来源 。

4．平衡体温
píng héng tǐ wēn

tǐ wēn yǔ shuǐ zhī jiān de guān xì tè bié mì qiè　　tiān qì hán lěng
体温与水之间的关系特别密切。天气寒冷

shí　　xuè guǎn huì zì rán de shōu suō　　xuè yè liú dào pí fū de liàng jiǎn
时，血管会自然地收缩，血液流到皮肤的量减

shǎo　　shuǐ fèn yě bù róng yì pái chū tǐ wài
少 ，水分也不容易排出体外。

wéi chí xīn chén dài xiè
5. 维 持 新 陈 代 谢

wú shù de xì bāo zǔ chéng le rén tǐ   zhè xiē xì bāo de chéng fèn
无 数 的 细 胞 组 成 了 人 体 ，这 些 细 胞 的 成 分

zhōng dà bù fèn dōu shì shuǐ
中 大 部 分 都 是 水 。

dì wǔ jié   jié yuē yòng diàn de gōng mín
第五节 节 约 用 电 的 公 民

小蜜蜂被风吹到电线杆上

wǎn shàng de shí
晚 上 的 时
hòu xià qǐ le yǔ bù
候 下 起 了 雨 ，不
yī huì er yòu guā qǐ le
一 会 儿 又 刮 起 了
fēng
风 。

sōu de yī
"嗖 " 的 一
xià   xiǎo mì fēng bèi
下 ，小 蜜 蜂 被

fēng guā dào le diàn xiàn gān páng
风 刮 到 了 电 线 杆 旁 。

zhǐ tīng   ā   de yī shēng   xiǎo mì fēng bèi diàn jī yūn le   tǎng
只 听 "啊"的 一 声 ，小 蜜 蜂 被 电 击 晕 了 ，躺

zài dì shàng yī dòng bú dòng
在 地 上 一 动 不 动 。

xiǎo mì fēng   nǐ hái hǎo ma   yī gè shēng yīn cóng xiǎo mì fēng
"小 蜜 蜂 ，你 还 好 吗 ？"一 个 声 音 从 小 蜜 蜂

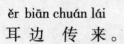

ěr biān chuán lái
耳边 传来。

　　xiǎo mì fēng màn màn de zhēng kāi le yǎn jīng 　　fēng hòu shì
　　小蜜蜂 慢 慢 地 睁 开了眼睛。"蜂后，是
nǐ nǐ zěn me huì zài zhè lǐ 　 xiǎo mì fēng wèn dào
你，你 怎 么 会 在 这 里？"小蜜蜂 问 道。

　　fēng hòu gào sù xiǎo mì fēng 　　 nǐ gāng cái bèi diàn gěi jī shāng
　　蜂 后 告诉 小蜜蜂："你 刚 才 被 电 给 击 伤
le
了。"

　　xiǎo mì fēng jiān dìng de shuō 　　 méi shì 　 wǒ yào jì xù qián
　　小蜜蜂 坚 定 地 说："没 事，我 要 继续 前
xíng
行。"

　　méi děng fēng hòu shuō huà 　 xiǎo mì fēng wēng wēng jǐ shēng biàn
　　没 等 蜂 后 说 话，小蜜蜂 嗡 嗡 几 声 便
fēi zǒu le
飞 走 了。

　　fēng hòu gǎn tàn de shuō 　　 xiǎo mì fēng zhǎng dà le 　 wǒ zhēn kāi
　　蜂 后 感 叹 地 说："小蜜蜂 长 大 了，我 真 开
xīn
心……"

　　yī lù shàng 　 xiǎo mì fēng wèi le ràng shòu shāng de shēn tǐ jìn
　　一路 上，小蜜蜂 为了让 受 伤 的身体尽
kuài kāng fù 　 hē le bù shǎo huā mì 　 jiàn jiàn de huī fù le tǐ lì
快 康 复，喝了不 少 花蜜，渐 渐 地恢复了体力。

　　xià yī gè mù biāo shì diào chá jié diàn 　 wǒ qù nǎ er ne 　 duì le
　　"下 一 个 目 标是 调 查 节 电，我 去 哪儿呢？对 了，
xiān qù fā diàn chǎng 　 xiǎo mì fēng bēn xiàng le fā diàn chǎng 　 yào
先 去 发 电 厂。"小蜜蜂 奔 向 了 发 电 厂，要

41

kàn kan nà me duō de diàn dōu pǎo nǎ lǐ qù le
看看那么多的电都跑哪里去了。

hōng lōng long hōng lōng long fā diàn chǎng zhèn ěr de
"轰隆隆，轰隆隆……"发电厂震耳的

hōng míng shēng xià de xiǎo mì fēng wǎng hòu fēi le jǐ bù
轰鸣声，吓得小蜜蜂往后飞了几步。

xiǎo mì fēng zhèn dìng xià lái zì xìn de shuō dào yī gè fā
小蜜蜂镇定下来，自信地说道："一个发

diàn chǎng yǒu shén me hǎo hài pà de cái bú lǐ nà hōng míng shēng
电厂有什么好害怕的，才不理那轰鸣声

ne
呢。"

jū mín yòng diàn gōng yè yòng diàn shāng yè yòng diàn
"居民用电、工业用电、商业用电……"

zài fā diàn chǎng de diào dù shì lǐ xiǎo mì fēng kàn dào fā diàn chǎng
在发电厂的调度室里，小蜜蜂看到发电厂

fā chū de diàn dōu yòng dào le shén me dì fāng
发出的电都用到了什么地方。

xiǎo mì fēng xīn
小蜜蜂心

xiǎng wǒ xiān qù
想："我先去

shāng yè jiē kàn
商业街，看

kan shāng diàn shì rú
看商店是如

hé yòng diàn de
何用电的。"

商业街上灯火通明，人山人海

xiǎo mì fēng yán
小蜜蜂沿

42

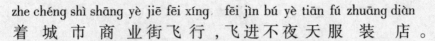

着城市商业街飞行，飞进不夜天服装店。

一个小男孩的话吸引了小蜜蜂的注意力。

小男孩说："妈妈，这里的灯光特别刺眼睛，我都不敢睁眼睛啦。妈妈你说，这里点这么多的灯多费电啊！"

妈妈说道："费电是费电，可为了赚钱没办法啊。走吧，儿子，东西买好了，咱们回家吧。"

小蜜蜂一路跟随着这对母子，来到小男孩的家中。

小男孩非常注意节约，不学习的时候灯是闭着的。可是他的妈妈在炒菜时也开着电视。

"这就很费电了。电器不用时要关闭电源。"小蜜蜂心想，"要是每一个公民，都能像小男孩一样就好了。低碳、节能、环保，从小做起。"

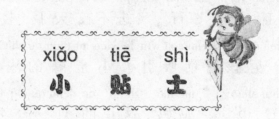

xiǎo tiē shì
小 贴 士

jiā yòng diàn qì zěn yàng cái néng shěng diàn
家用电器怎样才能省电

diàn shì jī shěng diàn
1.电视机省电

shǒu xiān kòng zhì hǎo duì bǐ dù hé liàng dù duì bǐ dù hé liàng
首先，控制好对比度和亮度。对比度和亮

dù shì zhōng jí kě tài liàng huò duì bǐ dù tài qiáng duì yǎn jīng duì
度适中即可，太亮或对比度太强，对眼睛、对

guān kàn xiào guǒ dōu bù hǎo
观看效果都不好。

qí cì kòng zhì hǎo yīn liàng yīn liàng dà hào diàn jiù gāo yīn
其次，控制好音量。音量大，耗电就高。音

liàng shì zhōng jí kě duì ěr mó yě yǒu bǎo hù
量适中即可，对耳膜也有保护。

dì sān guān bì diàn shì jī shí yào guān diào diàn shì jī shàng de
第三，关闭电视机时，要关掉电视机上的

diàn yuán ér bú yào yòng yáo kòng qì guān bì diàn shì jī
电源而不要用遥控器关闭电视机。

dì sì gěi diàn shì jī jiā gè fáng chén zhào xī rù huī chén zēng
第四，给电视机加个防尘罩。吸入灰尘增

duō yě huì zēng jiā hào diàn liàng fáng chén zhào kě fáng zhǐ diàn shì jī
多也会增加耗电量，防尘罩可防止电视机

xī jìn huī chén
吸进灰尘。

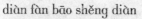

diàn fàn bāo shěng diàn
2．电饭煲省电

shǒu xiān　zhǔ fàn shí zài diàn fàn bāo de shàng miàn gài yī tiáo máo
首先，煮饭时在电饭煲的上面盖一条毛

jīn　zhù yì bú yào zhē zhù chū qì kǒng　zhè yàng kě yǐ jiǎn shǎo rè
巾，注意不要遮住出气孔，这样可以减少热

liàng sǔn shī
量损失。

qí cì　diàn fàn bāo bù shǐ yòng shí　yī dìng yào bá diào diàn yuán
其次，电饭煲不使用时，一定要拔掉电源

de chā tóu
的插头。

dì sān　jìn liàng xuǎn zé gōng lǜ shāo dà de diàn fàn bāo
第三，尽量选择功率稍大的电饭煲。

kōng tiáo shěng diàn
3．空调省电

shǒu xiān　kōng tiáo wēn dù bú yí tiáo guò dī
首先，空调温度不宜调过低。

qí cì　zhì
其次，制

lěng shí shì wēn
冷时室温

dìng gāo diǎn　zhì
定高点，制

rè shí shì wēn dìng
热时室温定

dī diǎn　jūn kě
低点，均可

shěng hěn duō de
省很多的

请节约用电

diàn　ér rén tǐ　jī hū jué chá bú dào zhè wēi xiǎo de chā bié
电，而人体几乎觉察不到这微小的差别。

dì sān　shè dìng kāi jī shí　shè zhì gāo lěng gāo rè　yǐ zuì kuài
第三，设定开机时，设置高冷／高热，以最快

dá dào kòng zhì mù dì
达到控制目的。

dì sì　tōng fēng kāi guān bú yào chǔ yú cháng kāi zhuàng tài　fǒu
第四，通风开关不要处于常开状态，否

zé jiāng zēng jiā hào diàn liàng
则将增加耗电量。

dì wǔ　jìn liàng bú yào kāi mén chuāng yǐ zǔ duàn shì wài rè liàng
第五，尽量不要开门窗以阻断室外热量

jìn rù　jiǎn qīng kōng tiáo gōng zuò fù hè　jié néng shěng diàn
进入，减轻空调工作负荷，节能省电。

dì liù　shǐ yòng kōng tiáo de fáng jiān　zuì hǎo shǐ yòng jiào hòu zhì
第六，使用空调的房间，最好使用较厚质

dì de chuāng lián　yǐ biàn jiǎn shǎo liáng kōng qì sàn shī
地的窗帘，以便减少凉空气散失。

dì qī　nèi　wài jī lián jiē guǎn bú yào chāo guò biāo zhǔn cháng
第七，内、外机连接管不要超过标准长

dù　kě zēng qiáng zhì lěng xiào guǒ
度，可增强制冷效果。

dì bā　ān zhuāng kōng tiáo yào jìn liàng xuǎn zé fáng jiān de yīn
第八，安装空调要尽量选择房间的阴

miàn　bì miǎn yáng guāng zhí shè jī shēn
面，避免阳光直射机身。

dì jiǔ　dìng qī qīng chú wài jī sàn rè piàn shàng de huī chén　bǎo
第九，定期清除外机散热片上的灰尘，保

chí qīng jié
持清洁。

XIAO MI FENG AO YOU DI TAN BAI HUA YUAN

bīng xiāng shěng diàn
4.冰　箱　省　电

shǒu xiān　lěng cáng de wù pǐn bú yí fàng de tài mì　liú xià kòng
　　首　先，冷　藏　的物品不宜放得太密，留下空
xì yǐ lì yú lěng kōng qì xún huán
隙以利于冷空气循环。

qí cì　jiāng xīn xiān de shuǐ guǒ　shū cài fàng rù bīng xiāng shí
　　其次，将新鲜的水果、蔬菜放入冰箱时，
yī dìng yào jiāng tā men yī yī tān kāi
一定要将它们一一摊开。

dì sān　duì yú nà xiē dà kuài tóu de wù pǐn　yīng gēn jù měi cì shí
　　第三，对于那些大块头的物品，应根据每次食
yòng de fèn liàng fēn kāi bāo zhuāng
用的分量分开包装。

dì sì　jiě dòng de fāng fǎ yǒu zì rán jiě dòng　shuǐ chōng děng
　　第四，解冻的方法有自然解冻、水　冲　等。

bīng xiāng de shěng diàn bǎi fàng　yī bān yīng gāi zhù yì yǐ xià
　　冰　箱　的省　电摆放，一般应该注意以下
liǎng gè wèn tí
两个问题：

shǒu xiān　bǎi fàng bīng xiāng shí　yī bān yīng zài liǎng cè yù liú
　　首　先，摆放冰箱时，一般应在两侧预留5
zhì　lí mǐ shàng fāng　lí mǐ hòu cè　lí mǐ de kōng jiān　kě
至10厘米、上　方10厘米、后侧10厘米的空　间，可
yǐ bāng zhù bīng xiāng sàn rè
以帮助冰箱散热。

qí cì　bú yào yǔ yīn xiǎng　diàn shì　wēi bō lú děng diàn qì fàng
　　其次，不要与音　响、电视、微波炉等　电器放
zài yī qǐ　zhè xiē diàn qì chǎn shēng de rè liàng huì zēng jiā bīng xiāng
在一起，这些电器产生的热量会增加冰　箱

de hào diàn liàng
的 耗 电 量 。

xǐ yī jī shěng diàn
5. 洗衣机 省 电

shǒu xiān   shǐ yòng xǐ yī jī bú dàn yào jié diàn hái yào jié shuǐ
首 先 ，使 用 洗 衣 机 不 但 要 节 电 还 要 节 水 。

shēng chǎn shuǐ yào hào fèi diàn néng   suǒ yǐ   jié shuǐ jiù shì jié diàn
生 产 水 要 耗 费 电 能 ，所 以 ，节 水 就 是 节 电 。

qí cì   xǐ yī jī de xǐ yī dìng shí bù bì nà me cháng   shí jì shǐ
其 次 ，洗 衣 机 的 洗 衣 定 时 不 必 那 么 长 ，实 际 使

yòng dōu bù xū nà me cháng shí jiān
用 都 不 需 那 么 长 时 间 。

diàn fēng shàn shěng diàn
6. 电风扇 省 电

yī bān jiā tíng yǐ zhōng xiǎo xíng fēng shàn wéi yí   fēng shàn dà le
一 般 家 庭 以 中 小 型 风 扇 为 宜 。风 扇 大 了

fèi diàn   xiào guǒ yě bù yī dìng hǎo
费 电 ，效 果 也 不 一 定 好 。

yào bǎ diàn shàn fàng zài shì nèi wēn dù zuì dī chù   chuī bǐ jiào
要 把 电 扇 放 在 室 内 温 度 最 低 处 ，吹 比 较

liáng de fēng   jiàng wēn xiào guǒ hǎo
凉 的 风 ，降 温 效 果 好 。

yào zhù yì shǐ yòng dìng shí zhuāng zhì   yǐ miǎn shuì zhuó wàng jì
要 注 意 使 用 定 时 装 置 ，以 免 睡 着 忘 记

guān diàn shàn   bù xū yào shí   yòng diàn jiù shì hěn dà de làng fèi
关 电 扇 ，不 需 要 时 ，用 电 就 是 很 大 的 浪 费 。

diàn yùn dǒu shěng diàn
7. 电熨斗 省 电

diàn yùn dǒu de hào diàn liàng shì xiāng dāng duō de   yīn cǐ   shǐ
电 熨 斗 的 耗 电 量 是 相 当 多 的 。因 此 ，使

yòng diàn yùn dǒu qián yào kǎo lù zhōu dào　pái hǎo cì xù　bìng chōng
用 电 熨 斗 前 要 考 虑 周 到，排 好 次 序，并 充

fèn lì yòng diàn yùn dǒu duàn diàn hòu de yú rè
分 利 用 电 熨 斗 断 电 后 的 余 热。

xī chén qì shěng diàn
8. 吸尘器省电

gòu mǎi xī chén qì　guī gé yī bān xuǎn　　wǎ zuǒ yòu jí kě
购 买 吸 尘 器，规 格 一 般 选 500瓦 左 右 即 可。

zhù yì jīng cháng qīng sǎo jí chén dài　jí chén dài dǔ sè　huì
注 意 经 常 清 扫 集 尘 袋。集 尘 袋 堵 塞，会

jiàng dī gōng zuò xiào lù　làng fèi diàn néng　shèn zhì shāo huǐ xī chén
降 低 工 作 效 率，浪 费 电 能，甚 至 烧 毁 吸 尘

qì de diàn jī
器 的 电 机。

shōu yīn jī hé lù yīn jī shěng diàn
9. 收音机和录音机省电

shǐ yòng shí shōu yīn jī hé lù yīn jī shí　yīn liàng yào shì zhōng
使 用 时 收 音 机 和 录 音 机 时，音 量 要 适 中。

bú yòng shí yīng jí shí de bǎ chā tóu bá xià　zhè yàng jì shěng diàn
不 用 时 应 及 时 地 把 插 头 拔 下，这 样 既 省 电

yòu ān quán
又 安 全。

dì liù jié　dī tàn gōng zuò de diàn nǎo
第六节　低碳工作的电脑

yōu xián de sàn le yī huì er bù　xiǎo mì fēng tū rán yì shí dào
悠 闲 地 散 了 一 会 儿 步，小 蜜 蜂 突 然 意 识 到，

zì jǐ dī tàn diào chá yuán de zhí zé hái wèi wán quán jìn dào
自 己 低 碳 调 查 员 的 职 责 还 未 完 全 尽 到。

XIAO MI FENG AO YOU DI TAN BAI HUA YUAN

wǒ bì xū jiā yóu   zài jiā yóu   wèi dī tàn shēng huó zuò chū zì jǐ
"我必须加油，再加油，为低碳 生 活做出自己

de gòng xiàn   xiǎo mì fēng shuō dào
的贡献。"小蜜蜂说道。

shàng cì fēng hòu gào sù xiǎo mì fēng   qù kàn kan nà fèi diàn de
上次蜂后告诉小蜜蜂，去看看那费电的

diàn nǎo ba
电脑吧。

lù liǎng páng shì huā huā cǎo cǎo   xiǎo mì fēng shì zuǒ zhǎo zhǎo yòu
路两旁是花花草草，小蜜蜂是左找找右

zhǎo zhǎo
找找。

yáng guāng gěi le tā yī gè wēi xiào   tā yě yī zhèn kāi huái dà
阳 光给了他一个微笑，他也一阵开怀大

xiào
笑。

zhè dòng dà bàn gōng
"这栋大办公

lóu   yī dìng huì yǒu hěn duō
楼，一定会有很多

diàn nǎo ba   xiǎo mì fēng
电脑吧。"小蜜蜂

fēi rù le bàn gōng lóu
飞入了办公楼。

tā kàn dào yǒu liǎng
他看到有两

gè rén zhèng zài tán zǔ
个人正在谈组

zhuāng diàn nǎo de shì   yú
装 电脑的事，于

小蜜蜂飞入了办公楼

50

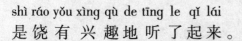

是饶有兴趣地听了起来。

组装电脑的是个胖子，还带了个眼镜。

另一个是个瘦子，他是买电脑的，胖子是他的好朋友。

胖子说："电脑主要由以下几部分组成，听仔细啊。主机、板卡、驱动器、外围设备四大块。"

瘦子听完后露出骄傲的表情："这么简单啊，我一下就会了。"

"每部分都包括什么，你知道吗？"

瘦子答道："哎呀，那我可不知道啦。你还是继续讲吧。"

胖子说道："那就谦虚地认真听吧。"

胖子满头大汗，给瘦子讲述电脑的组成部分。小蜜蜂飞到屋里稍凉快的地方，认真

de qīng tīng zhe
地 倾 听 着。

pàng zi shuō   diàn nǎo zhǔ jī shì zài diàn nǎo de jī xiāng nèi
胖 子 说:"电 脑 主 机 是 在 电 脑 的 机 箱 内,

cóng wài miàn kàn   shì kàn bú dào de
从 外 面 看,是 看 不 到 的。

dì yī bù fèn   zhǔ jī bāo kuò zhǔ bǎn   zhōng yāng chǔ lǐ
"第 一 部 分:主 机 包 括 主 板、CPU（中 央 处 理

qì   nèi cún   diàn yuán děng
器）、内 存、电 源 等。

dì èr bù fèn   bǎn kǎ bāo kuò xiǎn kǎ   shēng kǎ   wǎng kǎ děng
"第 二 部 分:板 卡 包 括 显 卡、声 卡、网 卡 等。

dì sān bù fèn   qū dòng qì zhǔ yào bāo kuò ruǎn pán qū dòng qì
"第 三 部 分:驱 动 器 主 要 包 括 软 盘 驱 动 器、

guāng pán qū dòng qì   yìng pán qū dòng qì děng
光 盘 驱 动 器、硬 盘 驱 动 器 等。

dì sì bù fèn   wài wéi shè bèi zhǔ yào bāo kuò xiǎn shì qì   jiàn
"第 四 部 分:外 围 设 备 主 要 包 括 显 示 器、键

pán   shǔ biāo   yīn xiāng děng
盘、鼠 标、音 箱 等。

nǐ tīng dǒng le ma   pàng zi wèn
"你 听 懂 了 吗?"胖 子 问。

shòu zi shuō   dāng rán la   wǒ dōu jì lù xià lái la   yǐ hòu wǒ
瘦 子 说:"当 然 啦,我 都 记 录 下 来 啦,以 后 我

huì màn màn liǎo jiě de
会 慢 慢 了 解 的。"

xiǎo mì fēng zhè huí yě tōng guò pàng zi de jiǎng shù zhī dào le diàn
小 蜜 蜂 这 回 也 通 过 胖 子 的 讲 述 知 道 了 电

nǎo de zǔ chéng bù fèn
脑 的 组 成 部 分。

kě shì xiǎo mì fēng fā xiàn   zhuāng hǎo diàn nǎo hòu   shòu zi jiù
可是小蜜蜂发现，装好电脑后，瘦子就

bú nà me dī tàn le
不那么低碳了。

shòu zi bǎ diàn nǎo ná huí jiā hòu   zhěng tiān wán gè zhǒng gè yàng
瘦子把电脑拿回家后，整天玩各种各样

de yóu xì   yuè wán yuè shòu
的游戏，越玩越瘦。

shòu zi   shòu zi   xiǎo mì fēng dà shēng de hǎn shòu zi
"瘦子，瘦子。"小蜜蜂大声地喊瘦子。

shòu zi wú jīng dǎ cǎi de wèn   shì   shuí   a
瘦子无精打采地问："是……谁……啊？"

nǐ zhè yàng yòng diàn nǎo tài fèi diàn le   jì bù huán bǎo yòu bù
"你这样用电脑太费电了，既不环保又不

dī tàn   ér qiě duì nǐ de shēn tǐ jiàn kāng yě bù hǎo a
低碳，而且对你的身体健康也不好啊。"

nà yào zěn yàng zuò   cái néng yòng diàn nǎo dī tàn ne   kuài gào
"那要怎样做，才能用电脑低碳呢？快告

sù wǒ ba   xiǎo mì fēng
诉我吧，小蜜蜂。"

xiǎo mì fēng shuō   shòu
小蜜蜂说："瘦

zi   dāng nǐ zàn tíng diàn nǎo de shí
子，当你暂停电脑的时

jiān xiǎo yú   xiǎo shí   jiù bǎ diàn
间小于1小时，就把电

nǎo zhì yú dài jī zhuàng tài   rú guǒ
脑置于待机状态。如果

nǐ zàn tíng shǐ yòng diàn nǎo de shí
你暂停使用电脑的时

小蜜蜂起舞飞扬

间超过1个小时的话，应该彻底关机啊。"

"谢谢你小蜜蜂。"瘦子又恳求道，"你等我晚上下班时，和我一起回家吧，我那儿子太淘气啦，不听话。你帮我管管他。"

"哦，那好吧。"小蜜蜂说。

整个下午瘦子都很忙。"瘦子，你真够忙的啊。"小蜜蜂说。

一位客人来访。"您喝水。"瘦子泡了一纸杯茶放在他的面前。

客人品了品茶，在办公室里看了一圈，拍拍瘦子的肩膀说道："我说你个小瘦子，混得不错啊。不但坐上了办公室，还有了电脑。"

"好你个小瘦子，这么浪费资源，你知道得用多少棵大树才能做成纸杯啊。"小蜜蜂气愤地说

shòu zi tīng chū xiǎo mì fēng
瘦子听出小蜜蜂

yǒu xiē shēng qì la　sòng bié kè rén
有些生气啦，送别客人

hòu ān wèi xiǎo mì fēng shuō　　wǒ
后安慰小蜜蜂说："我

yě shì méi bàn fǎ a　wǒ děi gēn rén
也是没办法啊，我得跟人

jiā hùn kǒu fàn chī ne
家混口饭吃呢。"

xiǎo mì fēng bù lǐ huì de
小蜜蜂不理会地

小蜜蜂听二人讲话

shuō　hēng
说："哼！"

qì fēn biàn de gān gà qǐ lái　shòu zi yě bù zhī dào zěn me bàn
气氛变得尴尬起来，瘦子也不知道怎么办。

nà nǐ chéng fá wǒ de làng fèi ba　qiú nǐ le　xiǎo mì fēng
"那你惩罚我的浪费吧，求你了，小蜜蜂。"

xiǎo mì fēng hái shì bù lǐ huì shòu zi　zài yī páng luàn fēi
小蜜蜂还是不理会瘦子，在一旁乱飞。

nà nǐ gěi wǒ jiǎng gè gù shì　diàn nǎo zěn yàng dī tàn　wǒ jiù bù
"那你给我讲个故事，电脑怎样低碳，我就不

shēng nǐ de qì la　xiǎo mì fēng xiǎng le yī huì er shuō
生你的气啦。"小蜜蜂想了一会儿说。

shòu zi shuō　hǎo ba　nà wǒ xiǎng yī xiǎng a
瘦子说："好吧，那我想一想啊。"

shí jiān yī fēn yī miǎo de guò qù　bù yī huì er yǒu qù de shì qíng
时间一分一秒地过去，不一会儿有趣的事情

fā shēng le
发生了。

XIAO MI FENG AO YOU DI TAN BAI HUA YUAN

gōng zuò pí bèi de shòu zi jìng rán shuì zháo le kǒu shuǐ hái liú dào
工作疲惫的瘦子竟然睡着了，口水还流到

le dì shàng
了地上。

nǐ yào jiǎng gěi wǒ tīng de gù shì ne wǒ yào tīng gù shì gù
"你要讲给我听的故事呢，我要听故事、故

shì xiǎo mì fēng hǎn zhe
事。"小蜜蜂喊着。

shòu zi róu le róu yǎn jīng cóng shuì mèng zhōng jīng xǐng gù
瘦子揉了揉眼睛，从睡梦中惊醒："故

shì xiǎng hǎo la
事想好啦。"

nà hái děng shén me kāi jiǎng a xiǎo mì fēng shuō
"那还等什么，开讲啊。"小蜜蜂说。

shòu zi shuō tīng hǎo a gù shì de míng zì jiào shòu zi
瘦子说："听好啊。故事的名字叫——瘦子

qí yù jì zài yī gè tiān sè hēi hēi shēn shǒu bú jiàn wǔ zhǐ de yè
奇遇记。在一个天色黑黑、伸手不见五指的夜

wǎn shòu zi zài yòng diàn nǎo fēi cháng nǔ lì de xiě dōng xi tū rán
晚。瘦子在用电脑，非常努力地写东西。突然

jiān yǒu rén dǎ diàn huà yào tā qù sòng dōng xi tā suàn le yī xiǎo
间，有人打电话要他去送东西。他算了一小

xià yào yī gè xiǎo shí bú yòng diàn nǎo
下，要一个小时不用电脑。

yú shì tā xiǎng qǐ diàn nǎo dī tàn yuán zé diàn nǎo bú yòng shí
"于是他想起电脑低碳原则：电脑不用时

yào guān jī diàn nǎo shàng bú yòng de wài bù lián jiē shè bèi bú yòng
要关机。电脑上不用的外部连接设备，不用

shí jiù bá diào yuán běn chā zhe diàn de dǎ yìn jī yīn xiāng yóu xì
时就拔掉。原本插着电的打印机、音箱、游戏

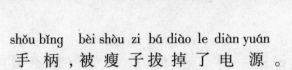
手柄，被瘦子拔掉了电源。

"顿时，瘦子感觉到，屋子不像刚才那么热啦。电脑低碳，用电量就降低了，二氧化碳排放也减少了。留意生活中的小细节，就能很好的低碳。

"瘦子既不开汽车，也不坐公交车，决定骑自行车去。这样出行，既省钱，又节能、低碳，还锻炼身体。一举四得的事，聪明的瘦子当然不会错过的。瘦子就嘿啾、嘿啾，加把劲哪。一会儿就送好东西回来啦。

"回到屋子里，瘦子感觉很渴。瘦子准备喝水，选杯子时，他选用了玻璃杯而没用纸杯。瘦子开始在电脑上打字，感觉电脑屏幕太刺眼了。就调低了屏幕的亮度，感觉眼睛舒服多了。编辑文字的时候，可以降低显示器的亮度，

jiāng zhěng tǐ bèi jǐng tiáo de àn yī xiē zhè yàng bú dàn jié néng hái kě
将 整体背景调得暗一些。这样不但节能还可

yǐ bǎo hù wǒ men de shì lì jiǎn qīng yǎn jīng de pí láo dù bō fàng yīn
以保护我们的视力、减轻眼睛的疲劳度。播放音

yuè píng shū xiǎo shuō děng dān yī yīn pín wén jiàn shí wǒ men jiù kě
乐、评书、小说等单一音频文件时，我们就可

yǐ guān bì xiǎn shì qì la
以关闭显示器啦。

hòu lái shòu zi xiě
"后来，瘦子写

wán dōng xi jiù yào shuì la
完东西就要睡啦。

tā jì qǐ diàn nǎo yòng wán
他记起电脑用完

hòu yào zhèng cháng guān
后要正常关

jī yīng bá xià diàn yuán
机，应拔下电源

chā tóu huò guān bì diàn yuán
插头或关闭电源

kāi guān dāng rán yǎng
开关。当然，养

chéng chè dǐ duàn diàn de xí
成彻底断电的习

guàn jiù gèng hǎo la ér bú
惯就更好啦，而不

小蜜蜂听故事

yào ràng diàn nǎo chǔ yú tōng diàn zhuàng tài gù shì jié shù la
要让电脑处于通电状态。故事结束啦！"

shòu zi jí qiè de wèn xiǎo mì fēng wǒ jiǎng de hǎo ma hái
瘦子急切地问小蜜蜂："我讲得好吗？""还

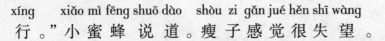
行。"小蜜蜂说道。瘦子感觉很失望。

"骗你呢，瘦子。你这故事讲得非常好，不仅讲了电脑的低碳，还说了出行、节水、习惯，好好啊。"

小蜜蜂对瘦子讲的故事感到很满意。

他决定晚上和瘦子一起去他家，看看瘦子淘气的儿子。

城市里的高楼大厦像图画中的迷宫，小蜜蜂转了很多圈。

瘦子累得汗水湿透衣服时，他们到家啦。

"瘦子的家里真是宽敞啊。"小蜜蜂说。

瘦子的家里很大，但是有点乱。

"我家就是乱了点，我和孩子他妈平时都上班，没时间收拾。"瘦子说道。

孩子高兴地说："爸爸，陪我玩游戏，我要

dāng dà wáng
当大王。"

bà ba　tā shì shuí a　hái zi yòu wèn
"爸爸,他是谁啊?"孩子又问。

shòu zi duì ér zi shuō dào　tā shì xiǎo mì fēng　shì dī tàn diào
瘦子对儿子说道:"他是小蜜蜂,是低碳调

chá yuán　xiǎo mì fēng shì wǒ men de hǎo péng yǒu
查员,小蜜蜂是我们的好朋友。"

xiǎo mì fēng duì hái zi shuō　xiǎo péng yǒu　wǒ shì xiǎo mì
小蜜蜂对孩子说:"小朋友,我是小蜜

fēng
蜂。"

gào sù nǐ　bú yào zhè me xiǎo jiù wán diàn zǐ yóu xì　duì yǎn
"告诉你,不要这么小就玩电子游戏,对眼

jīng de shì lì　shēn tǐ dōu bù hǎo　xiǎo mì fēng shuō
睛的视力、身体都不好。"小蜜蜂说。

xiǎo péng yǒu　nǐ xǐ huān guò jià qī ma　xiǎo mì fēng wèn
"小朋友,你喜欢过假期吗?"小蜜蜂问。

hái zi huí dá dào　nà dāng rán la　wǒ tè bié xǐ huān guò jià
孩子回答道:"那当然啦,我特别喜欢过假

qī la
期啦。"

xiǎo mì fēng shuō　nà wǒ jiù gěi nǐ jiǎng yī jiǎng zěn me guò dī
小蜜蜂说:"那我就给你讲一讲怎么过低

tàn jià qī　hǎo ma
碳假期,好吗?"

hǎo a　hǎo a　hǎo a　hái zi yú kuài de dá dào　hái tiào
"好啊,好啊,好啊。"孩子愉快地答道,还跳

le qǐ lái
了起来。

小蜜蜂说："小朋友们如何过一个低碳的假期呢？

"首先啊，据调查说，现在有挺多的小学生小朋友今年假期的作业单上多出了两个字：低碳。

"还有啊，有些作业题目就是，请你算一算你少排多少碳。

"假期流行低碳作业，就是希望小朋友们，都能学会如何过好低碳生活。

"举个例子，就说春节吧，那可是全国人民的盛典哪，场面那个壮观啊。

"而春节也是高碳的盛宴，人们要聚餐，走亲访友，唱歌跳舞。

"在这个日子里，人们集中消费，花钱大方。

"平时不花的钱花了，平时不想买或者是舍不得买的东西买了，平时不想办也不必办的事办了，不想给也不必给的人情给了。

"总之，春节一到，人们就显得大手大脚，花钱如流水，没有节制，似乎只讲人情而不讲理性。

"在这样的氛围中，低能量、低消耗、低开支的低碳生活理念被人们抛在了脑后。

"取而代之的是高能量、高能耗、高开支的高碳生活，与大家倡导的低碳生活恰恰相反。

"我讲完啦，好啦，小朋友，时间不早了，你们休息吧。再见！"小蜜蜂和瘦子一家告别。

晚上的空气还蛮好的，小蜜蜂飞啊飞，飞啊飞。停在了一个盘子边上。

pán zi páng biān   hái yǒu huǒ miáo zài wǔ dòng
盘 子 旁 边 ，还 有 火 苗 在 舞 动 。

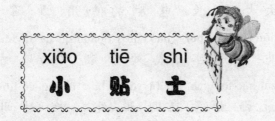

xiǎo   tiē   shì
小   贴   士

diàn nǎo rú hé shěng diàn
电 脑 如 何 省 电

rú guǒ nǐ yǒu shì yào lí kāi jǐ fēn zhōng
1.如果你有事要离开几分 钟

yī bān bù xū yào guān diào diàn nǎo de   cǐ shí bù fáng ràng qí jìn
一 般 不 需 要 关 掉 电 脑 的 ，此 时 不 妨 让 其 进
rù shuì mián zhuàng tài
入 睡 眠 状 态 。

shǐ yòng diàn nǎo shí   jìn liàng shǐ yòng yìng pán
2.使 用 电 脑 时 ，尽 量 使 用 硬 盘

yī fāng miàn   yóu yú diàn nǎo zhí jiē dú qǔ yìng pán   yùn xíng sù
一 方 面 ，由 于 电 脑 直 接 读 取 硬 盘 ，运 行 速
dù kuài   shǐ yòng ruǎn pán róng yì mó sǔn
度 快 ，使 用 软 盘 容 易 磨 损 。

lìng yī fāng miàn   yìng pán róng liàng hěn dà   zhù cún xìn xī yòu
另 一 方 面 ，硬 盘 容 量 很 大 ，贮 存 信 息 又
huì hěn duō   chǔ lǐ shí jiān zì rán yě huì hěn kuài de   zhè yàng yì kě
会 很 多 ，处 理 时 间 自 然 也 会 很 快 的 。这 样 亦 可
yǐ jiǎn shǎo diàn nǎo de shǐ yòng shí jiān   yǐ jié yuē yòng diàn
以 减 少 电 脑 的 使 用 时 间 ，以 节 约 用 电 。

bǎo yǎng diàn nǎo   zhù yì fáng shài   fáng cháo   fáng chén
3.保 养 电 脑 ，注 意 防 晒 、防 潮 、防 尘

dìng qī qīng chú jī nèi huī chén　　cā shì píng mù　　jì kě shěng
定 期 清 除 机 内 灰 尘 ，擦 拭 屏 幕 ，既 可 省

diàn　yòu kě dà dà yán cháng diàn nǎo de shǐ yòng shòu mìng
电 ，又 可 大 大 延 长 电 脑 的 使 用 寿 命 。

fáng zhǐ diàn nǎo jìn shuǐ　　huò chǔ yú cháo shī de dì fāng
防 止 电 脑 进 水 ，或 处 于 潮 湿 的 地 方 。

diàn nǎo zuì hǎo fàng zhì zài bì yáng chù　　cháng shí jiān bào shài yǒu
电 脑 最 好 放 置 在 避 阳 处 。长 时 间 暴 晒 有

kě néng sǔn huài diàn nǎo de bù jiàn yōu
可 能 损 坏 电 脑 的 部 件 呦 。

yòng wán diàn nǎo zhèng cháng guān jī　　bá diào suǒ yǒu diàn
4. 用 完 电 脑 正 常 关 机 ，拔 掉 所 有 电

yuán
源

yīn wèi diàn nǎo bù kāi jī yě huì hào diàn de　　wǒ men zuì hǎo yào
因 为 电 脑 不 开 机 也 会 耗 电 的 ，我 们 最 好 要

yǎng chéng rén zǒu guān diàn nǎo de hǎo xí guàn
养 成 人 走 关 电 脑 的 好 习 惯 。

guān bì bú yòng de wài bù shè bèi
5. 关 闭 不 用 的 外 部 设 备

wài bù shè bèi xiàng dǎ yìn jī　　yīn xiāng děng　　bú yòng de shí
外 部 设 备 像 打 印 机 、音 箱 等 ，不 用 的 时

hòu　yào jí shí guān diào diàn yuán
候 ，要 及 时 关 掉 电 源 。

kě píng bì de shè bèi
6. 可 屏 蔽 的 设 备

rú wǎng kǎ　shēng kǎ　guāng qū děng děng zhè xiē　zàn shí bú
如 网 卡 、声 卡 、光 驱 等 等 这 些 ，暂 时 不

yòng de shè bèi　kě yǐ xiān píng bì　yǐ jié yuē diàn néng
用 的 设 备 ，可 以 先 屏 蔽 ，以 节 约 电 能 。

7. CPU（中央处理器）降温省电

zhōng yāng chù lǐ qì　jiàng wēn shěng diàn

当我们长时间使用电脑后，电脑温度
dāng wǒ men cháng shí jiān shǐ yòng diàn nǎo hòu　diàn nǎo wēn dù

会升高，这就有可能烧坏部件。所以这时使
huì shēng gāo　zhè jiù yǒu kě néng shāo huài bù jiàn　suǒ yǐ zhè shí shǐ

用 CPU 降温软件降低温度，是个不错的选择。
yòng　jiàng wēn ruǎn jiàn jiàng dī wēn dù　shì gè bú cuò de xuǎn zé

8. 调节显示器亮度

tiáo jié xiǎn shì qì liàng dù

我们在整理、书写、查找东西时，可以将
wǒ men zài zhěng lǐ　shū xiě　chá zhǎo dōng xi shí　kě yǐ jiāng

背景调得稍暗一些，这样节能的同时还可以
bèi jǐng tiáo de shāo àn yī xiē　zhè yàng jié néng de tóng shí hái kě yǐ

减轻眼睛的疲劳，保护视力。
jiǎn qīng yǎn jīng de pí láo　bǎo hù shì lì

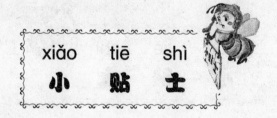

小贴士

xiǎo tiē shì

儿童的低碳假期
ér tóng de dī tàn jià qī

1. 多走路少坐车

duō zǒu lù shǎo zuò chē

平时上下学，会乘坐私家车、校车或公
píng shí shàng xià xué　huì chéng zuò sī jiā chē　xiào chē huò gōng

共汽车，假期不妨多走走路，健康又低碳，多
gòng qì chē　jià qī bù fáng duō zǒu zǒu lù　jiàn kāng yòu dī tàn　duō

hǎo a
好 啊。

bú qù luàn tú luàn huà
2.不去乱涂乱画

xiǎo péng yǒu men dōu yǒu luàn tú luàn huà suí yì tú mǒ de xí
小 朋 友们 都 有 乱 涂 乱 画、随意 涂 抹 的 习

guàn zhè bù jǐn huì pò huài zhěng jié hái huì làng fèi hěn duō zī yuán
惯 。这不仅 会 破坏 整 洁,还 会 浪 费很 多 资 源 。

rú shí yóu qiān tàn děng děng
如石油、铅 、碳 等 等 。

hé bà mā yī qǐ chī sù
3.和爸妈一起吃素

hěn duō bà ba mā ma xǐ huān chī zhàn jiàng cài zhè bù jǐn shì měi
很 多爸爸妈妈,喜 欢 吃 蘸 酱 菜,这不仅 是 美

shí hái shì jiàn kāng de yǐn shí fāng shì
食 ,还 是 健 康 的 饮 食 方 式 。

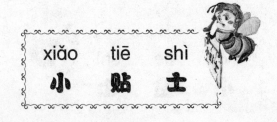

xiǎo   tiē   shì
小   贴   士

diàn nǎo bǎo yǎng de hǎo chù
电脑保养的好处

diàn nǎo biǎo miàn zhěng jié rú xīn
1.电脑表 面 整洁如新

zhuān yè xì zhì de qīng jié diàn nǎo biǎo miàn wū gòu hòu jiù xiàng
专 业 细 致地 清 洁 电 脑 表 面 污 垢 后 ,就 像

rén xǐ wán zǎo quán shēn qīng shuǎng diàn nǎo zì rán yě huì gān jìng de
人 洗 完 澡 全 身 清 爽 ,电 脑 自 然 也 会 干 净 的

xiàng xīn mǎi de yī yàng
像 新 买 的 一 样 。

zhǔ jī jiàng zào yīn jié diàn
2．主 机 降 噪 音、节 电

bǎo yǎng guò de zhǔ jī jī xiāng de huī chén qīng chú de gān gān
保 养 过 的 主 机，机 箱 的 灰 尘 清 除 得 干 干

jìng jìng zào yīn jiù huì jiǎn xiǎo yě huì shěng hěn duō diàn
净 净 ，噪 音 就 会 减 小，也 会 省 很 多 电 。

jī xiāng sàn rè hòu wú gù zhàng
3．机 箱 散 热 后，无 故 障

dá dào zēng qiáng jī xiāng nèi sàn rè néng lì jiàng dī gù zhàng
达 到 增 强 机 箱 内 散 热 能 力、降 低 故 障

lǜ de hǎo xiào guǒ
率 的 好 效 果 。

wǎng sù fēi kuài
4．网 速 飞 快

bǎo yǎng liáng hǎo de diàn nǎo bú dàn tí gāo le wǎng sù qí líng
保 养 良 好 的 电 脑，不 但 提 高 了 网 速，其 灵

mǐn dù jīng mì dù yùn xíng sù dù yě huì dá dào zuì jiā xiào guǒ
敏 度、精 密 度、运 行 速 度 也 会 达 到 最 佳 效 果 。

xiāo miè èr cì wū rǎn
5．消 灭 二 次 污 染

cháng qīng jié huì dá dào xiāo dú chú jūn shǐ diàn nǎo biǎo miàn wèi
常 清 洁 会 达 到 消 毒 除 菌，使 电 脑 表 面 卫

shēng dù jué bìng jūn èr cì wū rǎn de gōng xiào
生 、杜 绝 病 菌 二 次 污 染 的 功 效 。

fáng fú shè fáng jìng diàn
6．防 辐 射、防 静 电

fáng jìng diàn hé fáng fú shè kě yǐ yǒu xiào jiǎn shǎo duì shǐ yòng
防 静 电 和 防 辐 射，可 以 有 效 减 少 对 使 用

zhě de wēi hài

者的危害。

7．延长使用寿命
yán cháng shǐ yòng shòu mìng

jīng cháng zī rùn yǎng hù diàn nǎo biǎo miàn   néng shēng chéng bǎo
经常滋润养护电脑表面，能生成保

hù mó   dá dào fáng lǎo huà   huáng biàn   jūn liè bìng yán cháng diàn nǎo
护膜，达到防老化、黄变、龟裂并延长电脑

shǐ yòng shòu mìng de xiào guǒ
使用寿命的效果。

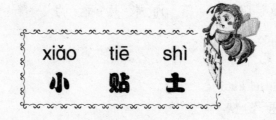

xiǎo   tiē   shì
小 贴 士

diàn nǎo de qīng jié bǎo yǎng
电脑的清洁保养

1．外壳
wài ké

kě yǐ yòng róu ruǎn de bù zhān shàng yī xiē qīng shuǐ zài nǐng gān lái
可以用柔软的布沾上一些清水再拧干来

cā shì
擦拭。

rú guǒ yù dào yóu zì děng bú yì qīng jié de wū jī   bù fáng shì shì
如果遇到油渍等不易清洁的污迹，不妨试试

yī xiē là zhì qīng jié jì   lì rú qì chē yòng de gāo là
一些蜡质清洁剂（例如汽车用的膏蜡）。

qiè jì bù néng shǐ yòng jiǔ jīng děng yǒu jī xìng róng jì   fǒu zé wài
切记不能使用酒精等有机性溶剂，否则外

壳表面的涂层被溶解了那可就不漂亮啦。

最后别忘了给你的本子配一个质地良好、结实耐用的包包。

包包不仅可以对外壳起到保护作用，更重要的是可以有效地使你的电脑免遭损坏。

2．屏幕

作为电脑的脸蛋，屏幕是我们一打开电脑必然要时刻去面对的部分。

由于组成屏幕的材料非常脆弱且极易破损，所以一旦外界对其施力过大便会对屏幕造成不可修复的损坏。比如显示模糊、水波纹等现象。

很多人有用手指在屏幕上乱点的习惯，这样会在屏幕上留下难看又难清洁的手指印，影响外观效果。

3. 电池 (diàn chí)

首先，电池作为物理原件，很容易受工作环境影响。

较好的方法是应尽量避免频繁使用电池。

电脑插电源时最好取下电池。

如果要长期保存的电池，可以套上一层薄膜，以免湿气和灰尘的侵入，损伤电脑。

4. 指针定位设备 (zhǐ zhēn dìng wèi shè bèi)

现在电脑上普遍使用的指针定位设备，包括指点杆和触摸板两种。

指点杆保养起来较为简单，如果脏了拿下来清洗一下即可。

触摸板由于全封闭的设计，所以灰尘进入到内部的可能性非常小，平时多注意清洁

biǎo miàn huī chén jí kě
表 面 灰 尘 即 可。

guāng qū
5．光 驱

bú yào shǐ yòng liè zhì huò jiǎ mào guāng pán
不 要 使 用 劣 质 或 假 冒 光 盘。

píng shí jìn liàng shǎo yòng guāng qū dǎ yóu xì huò kàn yǐng dié
平 时 尽 量 少 用 光 驱 打 游 戏 或 看 影 碟。

yìng pán
6．硬 盘

yìng pán bú jù liè gōng zuò de shí hòu yí dòng diàn nǎo yào qīng ná
硬 盘 不 剧 烈 工 作 的 时 候 移 动 电 脑，要 轻 拿

qīng fàng
轻 放。

dì qī jié zuò fàn chī fàn yào dī tàn
第七节 做饭吃饭要低碳

xiǎo mì fēng zài
小 蜜 蜂 在

pán zi biān shàng shuì
盘 子 边 上 睡

le yī wǎn
了 一 晚。

mèng lǐ xiǎo
梦 里，小

mì fēng chéng le yī
蜜 蜂 成 了 一

wèi měi shí jiā
位 美 食 家。

梦中的小蜜蜂肥得像铅球一样

品尝着各种各样的美食，他吃得成了一个肥肥的蜜蜂，臃肿的身材就像铅球，能把地砸出坑。

一会儿是中国的鱼丸馅饺子，一会儿是韩国的大酱汤。

各式各样的美食

一会儿是美国的热狗，一会儿是意大利的牛肉比萨饼。

一会儿是日本的料理，一会儿是巴西的烤肉。

一会儿是瑞士的麦片，一会儿是印度的手抓饭。

小蜜蜂陶醉在各种各样的美食当中。

yī zhèn fēng cóng xiǎo mì fēng shēn biān jīng guò　　tā gǎn jué dào zì
一 阵 风 从 小 蜜 蜂 身 边 经过，他 感觉 到 自

jǐ hǎo xiàng fēi qǐ lái la
己 好 像 飞 起 来 啦。

yuán lái xiǎo mì fēng bèi dǒu luò le　　chà yī diǎn luò zài wǔ dòng de
原 来 小 蜜 蜂 被 抖 落 了，差 一 点 落 在 舞 动 的

huǒ zhōng
火 中。

huài chú shī　　gǎn luàn rēng běn mì fēng　　xiǎo mì fēng yǎn jīng
"坏 厨 师，敢 乱 扔 本 蜜 蜂。"小 蜜 蜂 眼 睛

bàn zhēng zhe shuō dào
半 睁 着 说 道。

gè zhǒng xiāng wèi suí zhe chǎo cài shēng yīn de xiǎng qǐ　　piāo le
各 种 香 味 随着 炒 菜 声 音 的 响 起，飘 了

qǐ lái
起 来。

xiǎo mì fēng fā xiàn　　yǒu yī gè xiǎo pàng zi lái tōu chī dōng xi
小 蜜 蜂 发 现，有 一 个 小 胖 子 来 偷 吃 东 西，

yě jiù qī bā suì de yàng zi
也 就 七 八 岁 的 样 子。

wǒ yào gēn zōng zhè gè xiǎo pàng zi　　kàn kan tā dōu chī shén me
"我 要 跟 踪 这 个 小 胖 子，看 看 他 都 吃 什 么，

biàn de zhè me pàng　　xiǎo mì fēng shuō dào
变 得 这 么 胖。"小 蜜 蜂 说 道。

xiǎo mì fēng gēn zhe xiǎo pàng zi　　bù yī huì er gōng fū jiù fēi dào
小 蜜 蜂 跟 着 小 胖 子，不 一 会 儿 功 夫 就 飞 到

le yī zhāng dà zhuō zi qián
了 一 张 大 桌 子 前。

dà zhuō zi shàng bǎi mǎn le gè zhǒng gè yàng de shí wù　　yǐn liào
大 桌 子 上 摆 满 了 各 种 各 样 的 食 物、饮 料、

73

shuǐ guǒ děng děng
水 果 等 等 。

xiǎo mì fēng kàn biàn zhè xiē shí pǐn jiù zú zú yòng le yī fēn
小 蜜 蜂 看 遍 这 些 食 品 ， 就 足 足 用 了 一 分

zhōng
钟 。

zhuō zi shàng yǒu hóng jiǔ chéng zhī niú pái shuǐ guǒ shā lā
桌 子 上 有 红 酒 、 橙 汁 、 牛 排 、 水 果 沙 拉 、

sōng rén yù mǐ kǎo xiāng cháng hóng shāo pái gǔ shǒu zhuā fàn děng
松 仁 玉 米 、 烤 香 肠 、 红 烧 排 骨 、 手 抓 饭 等

děng hǎo duō hǎo duō
等 好 多 好 多 。

gè wèi jǔ qǐ jiǔ bēi ràng wǒ men zhù wǒ ér zi xiǎo pàng zi
"各 位 ， 举 起 酒 杯 ， 让 我 们 祝 我 儿 子 小 胖 子

shēng rì kuài lè
生 日 快 乐 ！"

dà jiā gāo xìng de shuō
"Cheers！Cheers！" 大 家 高 兴 地 说 。

xiǎo pàng zi de fù qīn jì xù shuō dào chuī là zhú qián xiān xǔ
小 胖 子 的 父 亲 继 续 说 道 ： "吹 蜡 烛 前 先 许

gè yuàn
个 愿 。"

ō wǒ huì de bà ba xiǎo pàng zi xiǎng le yī huì er biàn
"噢 ， 我 会 的 ， 爸 爸 。" 小 胖 子 想 了 一 会 儿 便

chuī miè le là zhú wǒ yào chī dàn gāo bà ba
吹 灭 了 蜡 烛 ， "我 要 吃 蛋 糕 ， 爸 爸 。"

xiǎo pàng zi de fù qīn shuō hǎo nà nǐ chī ba wǒ de guāi
小 胖 子 的 父 亲 说 ： "好 ， 那 你 吃 吧 ， 我 的 乖

guāi
乖 。"

dà dàn gāo shùn jiān bèi dà jiā fēn de gān gān jìng jìng　yī diǎn bú
大蛋糕瞬间被大家分得干干净净，一点不

shèng
剩。

yù mǐ a　chéng zhī a　niú pái a　xiāng cháng a　zhè xiē měi
玉米啊，橙汁啊，牛排啊，香肠啊，这些美

wèi yī huì er yě bèi sǎo dàng yī kōng
味一会儿也被扫荡一空。

fàn chī wán hòu　zhuō zi shàng kōng kōng rú yě
饭吃完后，桌子上空空如也。

xiǎo pàng zi chī de tǎng dào le yǐ zi shàng　zuǐ lǐ hái yǒu méi chī
小胖子吃得躺到了椅子上，嘴里还有没吃

wán de pái gǔ
完的排骨。

xiǎo pàng zi　nǐ chī de
"小胖子，你吃得

tài duō la　ér qiě bù hé lǐ
太多啦，而且不合理，

dà duō dōu bú shì dī tàn shí
大多都不是低碳食

pǐn　zhè yàng bù jǐn róng yì féi
品，这样不仅容易肥

pàng hái róng yì shēng bìng
胖还容易生病

ne　xiǎo mì fēng duì xiǎo
呢。"小蜜蜂对小

pàng zi shuō dào
胖子说道。

小蜜蜂飞来飞去

nóng zhòng de yān jiǔ wèi
浓重的烟酒味

XIAO MI FENG AO YOU DI TAN BAI HUA YUAN

sàn qù zhī hòu　　yī qiè yòu huī fù le píng jìng
散去之后，一切又恢复了平静。

xiǎo pàng zi yī jiā rén huí dào le jiā lǐ　xiǎo mì fēng yě gēn zhe
小胖子一家人回到了家里，小蜜蜂也跟着，

yī bù bù lí
一步不离。

xiǎo pàng zi shuì le yī jiào　dì èr tiān zhēng kāi yǎn jīng shí　kàn
小胖子睡了一觉，第二天睁开眼睛时，看

dào xiǎo mì fēng zhèng wéi zhe tā zhuàn quān　hǎo xiàng yào gào sù tā
到小蜜蜂正围着他转圈，好像要告诉他

shén me shì de
什么似的。

xiǎo pàng zi　xiǎo pàng zi　kuài qǐ chuáng　xiǎo mì fēng
"小胖子，小胖子，快起床。"小蜜蜂

shuō
说。

wū zi lǐ zhǐ yǒu xiǎo pàng zi hé xiǎo mì fēng
屋子里只有小胖子和小蜜蜂。

xiǎo mì fēng　xiǎo mì fēng　nǐ shuō wǒ wèi shén me huì zhè me
"小蜜蜂，小蜜蜂，你说我为什么会这么

pàng ne　xiǎo pàng zi wèn
胖呢？"小胖子问。

xiǎo mì fēng huí dá dào　　nǐ chī de dōng xi tài duō la　hái yǒu
小蜜蜂回答道："你吃的东西太多啦。还有，

nǐ chī de dōng xi chú le ròu jiù shì dàn gāo　guǒ zhī　tā men dōu bú shì
你吃的东西除了肉就是蛋糕、果汁，它们都不是

dī tàn de shí wù　suǒ yǐ nǐ jiù huì pàng　kě néng shì zhè yàng ba
低碳的食物，所以你就会胖，可能是这样吧。"

xiǎo pàng zi jí qiè de wèn dào　　nà zěn me bàn a
小胖子急切地问道："那怎么办啊？"

wèn wǒ nǐ jiù suàn shì wèn duì la xiǎo mì fēng shuō dàn
“问我，你就算是问对啦。”小蜜蜂说，“但

shì wǒ gào sù le nǐ nǐ hái shì zhè me luàn chī zěn me bàn a
是，我告诉了你，你还是这么乱吃怎么办啊？”

wǒ duì tiān fā shì wǒ huì jiān chí dī tàn yǐn shí de xiǎo pàng
“我对天发誓，我会坚持低碳饮食的。”小胖

zi jǔ qǐ yòu shǒu shuō dào
子举起右手说道。

xiǎo mì fēng kàn le kàn xiǎo pàng zi shuō dào hǎo ba kàn zài
小蜜蜂看了看小胖子说道：“好吧，看在

nǐ jiā yě yòng jié néng dēng de fèn shàng wǒ jiù gào sù nǐ ba
你家也用节能灯的份上，我就告诉你吧。”

xiǎo pàng zi shuō kuài shuō ba xiǎo mì fēng
小胖子说：“快说吧，小蜜蜂。”

nà hǎo ba wǒ yǒu yī gè cài pǔ dī tàn yǐn shí de jiù gào sù
“那好吧，我有一个菜谱，低碳饮食的，就告诉

nǐ ba xiǎo mì fēng shuō
你吧。”小蜜蜂说。

dī tàn měi shí kě yǐ chī chū nǐ de jiàn kāng hé zì xìn
“低碳美食可以吃出你的健康和自信。

dì yī dào dī tàn dà cài fēng mì lú huì
“第一道低碳大菜：蜂蜜芦荟。

fēng mì shì tián de néng cù jìn xiāo huà měi róng ér lú huì yě
“蜂蜜是甜的，能促进消化、美容，而芦荟也

néng měi róng hái néng jiě dú
能美容还能解毒。

dì èr dào dī tàn dà cài xiàn mò zhī má hú
“第二道低碳大菜：现磨芝麻糊。

xiàn mò de zhī má yíng yǎng méi yǒu liú shī de tài duō duì yú tóu
“现磨的芝麻营养没有流失得太多，对于头

fā shēng zhǎng　bǔ shèn dōu yǒu hǎo chù
发 生 长 、补 肾 都 有 好 处 。

dì sān dào dī tàn dà cài　bǎo lán tǎ
"第 三 道 低 碳 大 菜 :宝 蓝 塔 。

míng zì mán tè bié de　tā shì yì dà lì de dài biǎo shí pǐn　shì
"名 字 蛮 特 别 的 ,它 是 意 大 利 的 代 表 食 品 ,是

nán bù yì dà lì de zhǔ shí
南 部 意 大 利 的 主 食 。

yōu zhì yù mǐ　dǎ chéng fěn mò　pèi yǐ xiāng nóng de zhī shì　gè
"优 质 玉 米 ,打 成 粉 末 ,配 以 香 浓 的 芝 士 、各

lèi jiàn kāng de jūn gū　sù cài　pēng tiáo chū yī gè jì jiàn kāng yòu kě
类 健 康 的 菌 菇 、素 菜 ,烹 调 出 一 个 既 健 康 又 可

kǒu de dài yǒu zhōng guó fēng de yì dà lì chuán tǒng cài pǐn
口 的 带 有 中 国 风 的 意 大 利 传 统 菜 品 。

yù mǐ hán yǒu fēng fù de gài　wéi shēng sù　xiān wéi sù
"玉 米 含 有 丰 富 的 钙 、维 生 素 E、纤 维 素 、

měi　xī hé zhī fáng suān děng yíng yǎng yuán sù děng
镁 、硒 和 脂 肪 酸 等 营 养 元 素 等 。

dì sì dào dī tàn dà cài　shuǐ guǒ suān nǎi mài piàn
"第 四 道 低 碳 大 菜 :水 果 酸 奶 麦 片 。

zhè shì yī dào ruì shì cài pǐn　tā yóu tiān rán quán mài　yíng
"这 是 一 道 瑞 士 菜 品 ,它 由 天 然 全 麦 、营

yǎng mài piàn zhì zuò ér chéng　fù hán xiān wéi hé kuàng wù zhì　yǐ
养 麦 片 制 作 而 成 ,富 含 纤 维 和 矿 物 质 。以

píng guǒ　suān nǎi　pú táo hé mì táng děng wéi pèi liào　shuǎng kǒu yòu
苹 果 、酸 奶 、葡 萄 和 蜜 糖 等 为 配 料 ,爽 口 又

yíng yǎng
营 养 。

zàn shí ne　jiù zhǐ gěi nǐ jiè shào sì dào　xiǎo mì fēng shuō
"暂 时 呢 ,就 只 给 你 介 绍 四 道 。"小 蜜 蜂 说 。

小蜜蜂补充道:"要自己学会做菜,这样也能让妈妈轻松一些,妈妈也会高兴地给你讲很多好听的故事啊。"

"哦,好的,乖乖会听话的,今晚我就做菜。"小胖子说。

小蜜蜂鼓励地说:"小胖子真努力啊。"

"我给你讲几个故事吧。"小蜜蜂说。

小胖子说:"小蜜蜂,你真好。"

"好好听,我讲啦。"小蜜蜂说。

"这个故事的名字叫《狐狸吃葡萄》

"狐狸看到诱人的大葡萄,最想做的就是

狐狸望着葡萄

xiān zhāi jǐ gè cháng yī cháng　nà kě zhēn shì měi wèi a
先 摘 几 个 尝 一 尝 ，那 可 真 是 美 味 啊 。

pú táo jià zi hěn gāo hěn gāo　tā bù zhī dào zěn me shàng qù　yú
"葡 萄 架 子 很 高 很 高 ，它 不 知 道 怎 么 上 去 ，于

shì wèn lù guò de xiǎo dòng wù men
是 问 路 过 的 小 动 物 们 。

qīng wā　nǐ gào sù wǒ zěn me bàn
" '青 蛙 ，你 告 诉 我 怎 么 办 ？'

qīng wā guā guā de shuō dào　　shǐ jìn wǎng shàng tiào　shǐ jìn
"青 蛙 呱 呱 地 说 道 ：'使 劲 往 上 跳 ，使 劲

wǎng shàng tiào
往 上 跳 。'

hú li tiào le jǐ xià　hái shì gòu bú dào
"狐 狸 跳 了 几 下 ，还 是 够 不 到 。

yú shì tā yòu jiào zhù le dǎ suàn chū mén lǚ yóu de gǒu xióng
"于 是 他 又 叫 住 了 打 算 出 门 旅 游 的 狗 熊 。

xióng dà gē ya　　wǒ yǒu diǎn shì qíng yào qǐng jiào nín a　　bài
" '熊 大 哥 呀 ，我 有 点 事 情 要 请 教 您 啊 ，拜

tuō nín gào sù wǒ
托 您 告 诉 我 。'

gǒu xióng shuō　　hú li　nǐ zhēn shì shì duō　nǐ bān gè tī zi
"狗 熊 说 ：'狐 狸 ，你 真 是 事 多 。你 搬 个 梯 子

pá shàng qù bú jiù gòu dào pú táo le ma　zhēn shì bèn a　hú li nǐ
爬 上 去 不 就 够 到 葡 萄 了 嘛 ，真 是 笨 啊 ，狐 狸 你

zhēn shì bèn
真 是 笨 。'

kàn zhe gǒu xióng yuǎn qù de bèi yǐng　hú li fā zhe dāi
"看 着 狗 熊 远 去 的 背 影 ，狐 狸 发 着 呆 。

wǒ yě ná bú dòng tī zi a　　hú li shuō
" '我 也 拿 不 动 梯 子 啊 。'狐 狸 说 。

"猴子们蹦蹦跳跳地从这里经过，狐狸拦下了它们。

"'猴子老弟，你们帮我够点葡萄吧。'狐狸说。

"'告诉你一个办法吧，找一个钩子把葡萄给钩下来，你就能吃了。'猴子说。

老虎教训狐狸

"'我们还有事，先走啦，再见，狐狸先生。'猴子说完就消失了。

"狐狸此刻感到很郁闷。'我要吃葡萄……'狐狸的喊声惊动了百兽之王老虎。

"'啊,是谁威胁小动物,还要吃葡萄?'老虎说。

"'狐狸,你给我站住,小动物们都反映你不劳而获。'老虎说。

"狐狸害怕地说:'没有,我只是在帮它们锻炼思维。'

"到了日落的时候,狐狸最终也没吃到葡萄。

"于是,狐狸的心里很不满,就和别的动物说葡萄是酸的。

"故事讲完啦,小胖子。"小蜜蜂说。

小蜜蜂紧接着又说:"这个故事告诉了我们一个道理:做事要动脑筋,要实事求是,实话实说。"

小胖子说:"哦,我懂了。"

夕阳西下的时候,有风筝在窗外飞翔,

huǒ shāo yún shāo
火 烧 云 烧
hóng le tiān kōng
红 了 天 空。

xiǎo pàng zi hé
小 胖 子 和
xiǎo mì fēng　ān
小 蜜 蜂，安
jìng de níng wàng zhè
静 地 凝 望 这
yī qiè
一 切。

火红的天空下，风筝飞舞着

ā　mā ma bǎ cài mǎi huí lái la　　xiǎo pàng zi shuō dào
"啊，妈妈把菜买回来啦。"小 胖 子 说 道。

xiǎo pàng zi yòng hěn duō shuǐ xǐ cài　ér qiě zhǐ xǐ yī cì jiù dào
小 胖 子 用 很 多 水 洗 菜，而 且 只 洗 一 次 就 倒
diào le
掉 了。

xiǎo pàng zi　dī tàn zuò fàn yào jié shuǐ a　　xiǎo mì fēng shuō
"小 胖 子，低 碳 做 饭 要 节 水 啊。"小 蜜 蜂 说，
yī pén shuǐ kě yǐ xiān xǐ cài　zài xǐ shǒu　zhī hòu chōng mǎ tǒng　xún
"一 盆 水 可 以 先 洗 菜，再 洗 手，之 后 冲 马 桶，循
huán lì yòng
环 利 用。"

xiǎo pàng zi　yī xià yòu dào le hěn duō yóu　　wǒ bǎ yóu dào duō
小 胖 子 一 下 又 倒 了 很 多 油。"我 把 油 倒 多
le　xià cì zhù yì　　xiǎo pàng zi hěn bù hǎo yì sī de shuō
了，下 次 注 意。"小 胖 子 很 不 好 意 思 地 说。

hěn hǎo　xiǎo pàng zi　nǐ yǐ jīng yǒu jié yuē de yì shí le　zhè
"很 好，小 胖 子，你 已 经 有 节 约 的 意 识 了，这

jiù shì hǎo shì a   xiǎo mì fēng shuō
就是好事啊。"小蜜蜂说。

yòng méi qì shí huǒ bèi fàng de hěn dà   chà diǎn shāo dào xiǎo
用煤气时火被放得很大，差点烧到小

mì fēng
蜜蜂。

xiǎo pàng zi zháo jí de shuō   āi ya ya   nǐ méi shì ba   xiǎo
小胖子着急地说："哎呀呀，你没事吧，小

mì fēng
蜜蜂。"

jì zhù   zuò cài shí   huǒ gēn jù xū yào kāi dà kāi xiǎo   bú yào yī
"记住，做菜时，火根据需要开大开小，不要一

zhí dōu yòng dà huǒ   xiǎo mì fēng shuō
直都用大火。"小蜜蜂说。

bà ba xià bān huí jiā shí   xiǎo pàng zi yǐ jīng bǎ fàn zuò hǎo la
爸爸下班回家时，小胖子已经把饭做好啦。

xiǎo pàng zi tā men yī jiā sān kǒu rén   qí lè róng róng de gòng
小胖子他们一家三口人，其乐融融地共

jìn wǎn cān
进晚餐。

chī fàn shí   bà ba mā ma dōu hěn gāo xìng   yī gè jìn de kuā jiǎng
吃饭时，爸爸妈妈都很高兴，一个劲地夸奖

xiǎo pàng zi
小胖子。

wǒ men de hǎo ér zi   zhè me xiǎo jiù huì zuò fàn zhēn bàng
"我们的好儿子，这么小就会做饭真棒。"

tóng yàng   xiǎo mì fēng yě hěn gāo xìng   tā hē le xiǎo pàng zi gěi
同样，小蜜蜂也很高兴，他喝了小胖子给

tā zhǔn bèi de huā mì dà cān   huān kuài de tiào zhe wǔ
他准备的花蜜大餐，欢快地跳着舞……

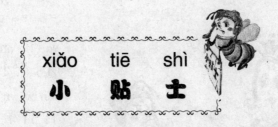

xiǎo tiē shì
小 贴 士

dī tàn shí pǐn de yì chù
低碳食品的益处

yǒu lì yú jiàn kāng
1. 有利于健康

shěng qián
2. 省 钱

pēng rèn fāng fǎ jiǎn dān yì xué
3. 烹饪方法简单易学

dì bā jié mǔ zhǐ jī qì de gù shì
第八节 拇指机器的故事

xiǎo mì fēng chī bǎo hē zú le　tā gào bié xiǎo pàng zi　zài cì qǐ
小蜜蜂吃饱喝足了，他告别小胖子，再次起

fēi qù xún zhǎo fēng hòu　xún wèn xià yī gè diào chá mù biāo
飞去寻找蜂后，询问下一个调查目标。

fēi guò yī piàn shù lín　xiǎo mì fēng luò zài yī duǒ hé huā
飞过一片树林，小蜜蜂落在一朵荷花

shàng
上。

tā jué de　zhè huā kāi de shí zài shì tài měi le　yǒu zhǒng tǎng zài
他觉得，这花开得实在是太美了，有种躺在

huā mì zhōng de gǎn jué
花蜜中的感觉。

XIAO MI FENG AO YOU DI TAN BAI HUA YUAN

蜂后和小蜜蜂说话

"真不错呀。"小蜜蜂自言自语。

过了不大一会儿，蜂后也找到了小蜜蜂。

"小蜜蜂，你走得太快啦，好勤劳啊。"蜂后说。

小蜜蜂问道："快告诉我下一个目标吧，蜂后。"

"下一个目标是拇指机器。"

"什么，拇指机器是什么啊？"小蜜蜂问。

蜂后平静地说："你问问就会清楚的。"

一个转身的功夫，蜂后就消失了，花朵还

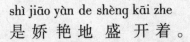

shì jiāo yàn de shèng kāi zhe
是娇艳地 盛 开着。

xiǎo mì fēng xiān fēi dào le gōng chǎng gōng chǎng de gōng rén gào
小蜜蜂 先飞到了工 厂，工 厂的工人告

sù tā qù wèn bié rén
诉他去问别人。

xiǎo mì fēng yòu fēi dào le tián dì lǐ wèn nóng mín bó bo
小蜜蜂 又飞到了田地里，问 农 民伯伯。

nóng mín bó bo shuō dào shén me mǔ zhǐ jī qì nán dào nǐ
农 民伯伯说道："什么拇指机器，难道你

shuō de shì tuō lā jī ma yīng gāi bú shì
说 的是拖拉机吗？应 该不是。"

xiǎo mì fēng xiǎng wǒ hái shì zài wèn wèn qí tā rén ba
小蜜蜂 想 ，我还是再问问其他人吧。

xià yǔ hòu de tiān kōng chū xiàn yī dào cǎi hóng
下雨后的天 空 ，出 现一道彩虹。

ǒu ěr huā
偶尔，花

bàn hái huì piāo
瓣还会飘

luò xià lái
落下来。

yàn zi pái
燕子排

chéng rén zì
成 人字

xíng fēi wǔ
形 ，飞舞

zhe xī xì zhe
着、嬉戏着。

雨后的天空，出现彩虹

87

农田边，一队小猪经过

nóng tián biān de
农田边的
tǔ dào shàng xiǎo zhū
土道上，小猪
zhū mài zhe fāng bù
猪迈着方步，
cóng róng de jīng guò
从容地经过。

xiǎo mì fēng dà
小蜜蜂大
shēng hǎn dào xiǎo
声喊道："小
zhū zhū xiǎo zhū zhū nǐ gěi wǒ zhàn zhù zhàn zhù zhàn zhù
猪猪，小猪猪，你给我站住，站住、站住。"

xiǎo zhū zhū shuō āi yo shén me shì ya bié dǎ rǎo wǒ wǒ
小猪猪说："哎哟，什么事呀，别打扰我，我
yào xiǎng shòu shēng huó
要享受生活。"

nǐ gào sù wǒ shén me shì mǔ zhǐ jī qì a xiǎo mì fēng shuō
"你告诉我，什么是拇指机器啊？"小蜜蜂说。

xiǎo zhū zhū shuō bù zhī dào a zài jiàn xiǎo mì fēng suí
小猪猪说："不知道啊。再见，小蜜蜂。"随
hòu yī zhí xiàng qián zǒu qù bù lǐ cǎi xiǎo mì fēng
后一直向前走去，不理睬小蜜蜂。

wén zhe dào xiāng xiǎo mì fēng xiǎng qǐ le kě ài de dì di xiǎo
闻着稻香，小蜜蜂想起了可爱的弟弟小
xiǎo mì fēng
小蜜蜂。

yě bù zhī dào dì di dào dǐ huī fù de zěn me yàng la xiǎo mì
"也不知道，弟弟到底恢复得怎么样啦。"小蜜

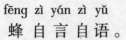

fēng zì yán zì yǔ
蜂自言自语。

hái shì wǎng chéng shì zhōng xīn fēi ba　nà lǐ yě xǔ huì yǒu mǔ
"还是往城市中心飞吧，那里也许会有拇
zhǐ jī qì de a　xiǎo mì fēng shuō
指机器的啊。"小蜜蜂说。

shùn zhe gāo sù gōng lù　xiǎo mì fēng cóng xiāng cūn fēi xiàng le
顺着高速公路，小蜜蜂从乡村飞向了
chéng shì
城市。

chéng shì de biān yuán yǒu hěn duō guǎng gào pái　huā huā lǜ lǜ de
城市的边缘有很多广告牌，花花绿绿的。

yǒu qì chē guǎng gào　yǒu shí pǐn guǎng gào　yǒu fáng wū guǎng
有汽车广告、有食品广告、有房屋广
gào　zǒng zhī　hǎo duō hǎo duō de
告，总之，好多好多的。

yí　zhè
"咦，这
bú shì mǔ zhǐ jī
不是拇指机
qì de guǎng gào
器的广告
ma　xiǎo mì
吗？"小蜜
fēng jīng yà de
蜂惊讶地
shuō
说。

guǎng gào
广告

巨幅广告牌上写着"手机就是拇指机器"

牌上写着：手机就是拇指机器。

这回不用问别人，自己多走多看就获得了知识，小蜜蜂感觉相当不错。

前面还有一块广告牌，也是宣传拇指机器的。

广告牌上这样写道：手机，时尚达人的百宝箱。拇指机器，信息沟通的方向盘。

"哦，原来拇指机器就是手机，手机就是拇指机器。"小蜜蜂恍然大悟。

越往城市中心飞，小蜜蜂越感觉到，城市里边要比乡村热很多。

小蜜蜂想起来了，蜂后和它说过城市比乡村热是由于城市里的人口比乡村的人口多。

城市里有大工厂，会排放废气、废热、废

90

水、废渣等等很多很多二氧化碳。

"有香水味，呀，是个大美女！"

"她还拿着手机，按个不停。"

"看来，手机还真是拇指机器啊。"

嗡嗡，嗡嗡，小蜜蜂向美女飞去。

小蜜蜂兴高采烈地说："美女，美女，你是美女。"

"啊……你说什么？"显然，小蜜蜂的突然出现吓到了美女。

小蜜蜂说："我是超级可爱、特别善良、又有同情心的小蜜蜂啊，我还是个低碳调查员呢。"

听了小蜜蜂的话，美女觉得小蜜蜂蛮可爱。

"小蜜蜂，你有什么事吗？"美女问。

小蜜蜂说道："你是使用手机的时尚达人

ba　měi nǚ
吧，美女？"

wǒ nǎ lǐ shì shén me měi nǚ　nǐ zhēn huì kāi wán xiào　měi
"我哪里是什么美女，你真会开玩笑。"美

nǚ shuō　　wǒ shì zài yòng shǒu jī　kě wǒ bú shì shén me shí shàng
女说，"我是在用手机，可我不是什么时尚

dá rén a
达人啊。"

zhèng hǎo méi yǒu rén péi wǒ　nǐ jiù hé wǒ zuò bàn ba　měi nǚ
"正好没有人陪我，你就和我做伴吧。"美女

yòu shuō
又说。

xiǎo mì fēng gāo xìng de zuǒ yáo yòu huàng　　hǎo a　hǎo a
小蜜蜂高兴得左摇右晃："好啊，好啊，

hǎo a
好啊……"

nà wǒ men xiàn zài huí jiā ba
"那我们现在回家吧。"

xiǎo mì fēng dà yǎn jīng yī zhǎ yī zhǎ de wèn dào　　kě shì　nà
小蜜蜂大眼睛一眨一眨地问道："可是，那

yào zěn me huí qù na
要怎么回去哪？"

měi nǚ duì xiǎo mì fēng shuō　　wǒ men tú bù　yě jiù shì zǒu lù
美女对小蜜蜂说："我们徒步，也就是走路

huí jiā　nǐ shuō hǎo ma
回家，你说好吗？"

hǎo a　zǒu lù bú dàn bú yòng zuò nà rén duō yòu yōng jǐ de
"好啊，走路不但不用坐那人多又拥挤的

gōng gòng qì chē　hái néng duàn liàn shēn tǐ　duō hǎo a　xiǎo mì
公共汽车，还能锻炼身体，多好啊。"小蜜

fēng shuō
蜂 说 。

xiǎo mì fēng hé
小 蜜 蜂 和

měi nǚ huí jiā de yī
美 女 回 家 的 一

lù shàng kàn dào
路 上 ， 看 到

hěn duō de sī jiā
很 多 的 私 家

chē gōng jiāo chē
车 、 公 交 车 、

dà kǎ chē yōng dǔ zài mǎ lù shàng
大 卡 车 拥 堵 在 马 路 上 。

小蜜蜂和美女走在路上

tā men jué de zhè yàng huí jiā shì zuì hǎo de dī tàn shēng huó la
他 们 觉 得 这 样 回 家 ，是 最 好 的 低 碳 生 活 啦 。

dào le měi nǚ jiā lǐ xiǎo mì fēng jiù kāi shǐ sì chù zhuàn yōu
到 了 美 女 家 里 ，小 蜜 蜂 就 开 始 四 处 转 悠 。

wèi shì nǐ ya nà gè huì yì nǐ bú yòng dān xīn wǒ huì zhǔn shí
"喂 ，是 你 呀 。那 个 会 议 你 不 用 担 心 ，我 会 准 时

cān jiā de měi nǚ shuō
参 加 的 。"美 女 说 。

dǎ diàn huà shí měi nǚ shǒu wán quán wò zhù shǒu jī
打 电 话 时 ，美 女 手 完 全 握 住 手 机 。

xiǎo mì fēng jué de zhè yàng dǎ diàn huà bù jǐn bù jié diàn yě bù
小 蜜 蜂 觉 得 ，这 样 打 电 话 不 仅 不 节 电 ，也 不

dī tàn
低 碳 。

yú shì xiǎo mì fēng dǎ suàn tí xǐng yī xià měi nǚ
于 是 ，小 蜜 蜂 打 算 提 醒 一 下 美 女 。

XIAO MI FENG AO YOU DI TAN BAI HUA YUAN

"你这样打电话，把天线握在手中，信号的传输会受阻碍，会很费电的。"小蜜蜂说。

美女说："哦，谢谢你啊。"

城市的夜晚是灿烂的。

黑白颠倒的"夜猫子"，尽情地享受着晚上的时光。

马路上的街灯，像海岸线上的灯塔，为前行的人们照亮前方。

城市的夜晚路灯通亮

黑夜把时间拉得很长很长。

时间的魅力，像魔术师表演的魔术一样神奇。

měi nǚ shì fēi cháng tān wán de　　tè bié shì xǐ huān wán shǒu jī yóu
美女是非常贪玩的，特别是喜欢玩手机游

xì
戏。

nǐ zhè shì zuò shén me a　　　xiǎo mì fēng wèn
"你这是做什么啊？"小蜜蜂问。

měi nǚ huí dá　　　　bù zhī dào le ba　zhè shì shǒu jī yóu xì　wǒ
美女回答："不知道了吧，这是手机游戏。我

wán le　gè duō xiǎo shí cái guò le sān fēn zhī yī　hěn hǎo wán de
玩了2个多小时才过了三分之一，很好玩的。"

xiǎo mì fēng yáo yáo tóu duì měi nǚ shuō　　　shǒu jī wán yóu xì nà
小蜜蜂摇摇头对美女说："手机玩游戏那

shì hěn fèi diàn de　ér qiě duì shǒu jī yě bù hǎo a　shí jiān cháng le
是很费电的，而且对手机也不好啊，时间长了，

shǒu jī jiàn pán jiù huì sōng dòng de
手机键盘就会松动的。"

měi nǚ shuō　　　　ò　wǒ huì zhù yì la　bú yào zǒng shì zhè yàng tí
美女说："哦，我会注意啦，不要总是这样提

xǐng rén jiā　rén jiā bù xí guàn ma
醒人家，人家不习惯嘛。"

xiǎo mì fēng shuō　　　ò　hǎo cì yǎn na
小蜜蜂说："哦，好刺眼哪。"

shén me cì yǎn　shì wǒ de shǒu jī ma　　měi nǚ wèn
"什么刺眼，是我的手机吗？"美女问。

zhēng bù kāi yǎn jīng de xiǎo mì fēng shuō　　　shì a　hǎo cì
睁不开眼睛的小蜜蜂说："是啊，好刺

yǎn a
眼啊。"

nà wǒ hái shì tiáo chéng shěng diàn mó shì ba　　tiáo hǎo hòu měi
"那我还是调成省电模式吧。"调好后美

nǚ yòu wèn　　zhè xià hái cì bú cì yǎn le
女又问："这下还刺不刺眼了？"

xiǎo mì fēng shuō　　hǎo duō le　bú cì yǎn le
小蜜蜂说："好多了，不刺眼了。"

nà wǒ píng shí yě tiáo chéng shěng diàn mó shì ba　　měi nǚ shuō
"那我平时也调成省电模式吧。"美女说，

zhè yàng bù jǐn shěng diàn　hái bù shāng hài yǎn jīng
"这样不仅省电，还不伤害眼睛。"

xiǎo mì fēng hé měi nǚ gào le bié　fēi xiàng le gèng yuǎn gèng yuǎn
小蜜蜂和美女告了别，飞向了更远更远

de dì fāng
的地方。

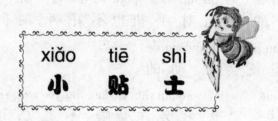

xiǎo　　tiē　　shì
小　贴　士

shǒu jī jié diàn
手机节电

shěng diàn mó shì
1. 省电模式

shǐ yòng shěng diàn mó shì de shǒu jī　zuì duō kě yǐ yán cháng tōng
使用省电模式的手机，最多可以延长通

huà shí jiān　　　zuǒ yòu
话时间30％左右。

shǎo wán shǒu jī yīn yuè
2. 少玩手机音乐

shǒu jī tīng yīn yuè shí fēn hào diàn　pín fán de gēng huàn yīn yuè líng
手机听音乐十分耗电，频繁地更换音乐铃

shēng gèng jiā fèi diàn　suǒ yǐ yīng gāi jìn liàng shǎo wán shǒu jī yīn lè
声 更 加 费 电，所 以 应 该 尽 量 少 玩 手 机 音 乐。

shǎo wán shǒu jī yóu xì
3. 少 玩 手 机 游 戏

yòng shǒu jī wán yóu xì bù jǐn shí fēn hào diàn　ér qiě cháng shí
用 手 机 玩 游 戏 不 仅 十 分 耗 电，而 且 长 时
jiān kàn shǒu jī píng mù　hái huì sǔn hài shì lì
间 看 手 机 屏 幕，还 会 损 害 视 力。

bǎo hù hǎo shǒu jī diàn chí
4. 保 护 好 手 机 电 池

shǒu jī diàn chí de shì yí wēn dù wéi　dù zuǒ yòu　bú yào fàng
手 机 电 池 的 适 宜 温 度 为 20 度 左 右，不 要 放
zài guò lěng huò zhě guò rè de huán jìng zhōng
在 过 冷 或 者 过 热 的 环 境 中。

yí dòng shí jìn liàng bú yòng shǒu jī
5. 移 动 时 尽 量 不 用 手 机

dāng rén chǔ yú yí dòng zhuàng tài shí shǐ yòng shǒu jī　hào diàn
当 人 处 于 移 动 状 态 时 使 用 手 机，耗 电
liàng hěn dà
量 很 大。

xìn hào de tōng chàng
6. 信 号 的 通 畅

yóu yú shǒu jī miàn jī jiào xiǎo　tōng huà shí tiān xiàn hěn róng yì
由 于 手 机 面 积 较 小，通 话 时 天 线 很 容 易
bèi wò zài shǒu lǐ　xìn hào bù chàng tōng jiù huì shǐ hào diàn liàng dà
被 握 在 手 里，信 号 不 畅 通 就 会 使 耗 电 量 大
zēng
增。

wú xìn hào zuì hǎo guān jī
7. 无 信 号 最 好 关 机

zài xìn hào jiào ruò de dì fāng　　shǒu jī yào huò dé wǎng luò xìn
在信号较弱的地方，手机要获得网络信

hào　jiù huì hào fèi gèng duō de diàn liàng
号，就会耗费更多的电量。

ān jìng chǎng hé zuì yí xuǎn duǎn líng tí xǐng
8. 安静 场合最宜选 短 铃提醒

duǎn de diàn huà líng shēng shè zhì　　jì kě yǐ shěng diàn yòu kě yǐ
短的电话铃声设置，既可以省电又可以

jiǎn shǎo shǒu jī líng shēng de gān rǎo
减少手机铃声的干扰。

píng mù hé àn jiàn de zhào míng bú yòng zuì hǎo
9. 屏幕和按键的照 明不用最好

dāng shǐ yòng shǒu jī de shí hòu　　jìn liàng guān bì píng mù hé àn
当使用手机的时候，尽量关闭屏幕和按

jiàn de zhào míng gōng néng　　yǐ biàn jié shěng yòng diàn
键的照明功能，以便节省用电。

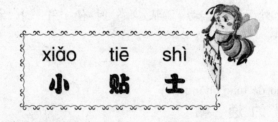

xiǎo　　tiē　　shì
小　　贴　　士

shǒu jī fáng fú shè
手机防辐射

chè dǐ pāo qì
1. 彻底抛弃

wán quán bù shǐ yòng shǒu jī　　bú yòng shǒu jī le　　dāng rán jiù
完全不使用手机，不用手机了，当然就

méi yǒu fú shè la
没有辐射啦。

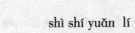

2．适时远离
shì shí yuǎn lí

dāng bù shǐ yòng huò jiào shǎo shǐ yòng shǒu jī shí　kě jiāng shǒu jī
当 不 使用 或 较 少 使用 手 机时，可将 手 机

fàng dào lí zì jǐ jiào yuǎn de dì fāng　zhī dào shǒu jī zài nǎ jiù xíng
放 到 离 自己 较 远 的 地 方，知 道 手 机在哪就 行。

3．外加保护
wài jiā bǎo hù

kě yǐ bāo shǒu jī mó　mǎi shǒu jī wài tào　zhè yàng dōu néng jiàng
可以包 手 机膜，买 手 机 外套，这 样 都 能 降

dī fú shè
低辐射。

4．变换方式
biàn huàn fāng shì

cháng shí jiān fú shè kě néng shǐ nǎo bù shòu sǔn　bù yí yòng shǒu
长 时 间辐射可 能 使脑部 受 损，不宜用 手

jī cháng shí jiān tōng huà　kě kǎo lù gǎi yòng gù dìng diàn huà huò zhě
机 长 时 间 通 话，可考虑改 用 固定 电 话 或 者

shǐ yòng ěr jī
使用 耳机。

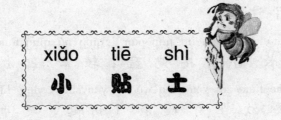

xiǎo tiē shì
小 贴 士

shǒu jī de bǎo yǎng
手 机的 保 养

hé lǐ chōng diàn
1．合理 充 电

xīn gòu mǎi de shǒu jī　zài qián sān cì chōng diàn shí　zuì hǎo shì
新购买的手机,在前三次充电时,最好是
dài shǒu jī diàn liàng hào jìn hòu zài chōng diàn
待手机电量耗尽后再充电。

bāo mó
2.包膜
zài shǒu jī wài mian bāo mó　kě fáng zhǐ huī chén de qīn rù
在手机外面包膜,可防止灰尘的侵入。

fáng zhǐ
3.防止
jìn liàng fáng zhǐ shǒu jī jìn shuǐ　diào rù huǒ zhōng　gāo kōng zhuì
尽量防止手机进水、掉入火中、高空坠
luò děng qíng kuàng de fā shēng
落等情况的发生。

cā shì
4.擦拭
shǐ yòng yī duàn shí jiān hòu　ná jiǔ jīng mián xiǎo xīn cā shì　kě
使用一段时间后,拿酒精棉小心擦拭,可
fáng zhǐ　jiǎn shǎo xì jūn hé huī chén de qīn rù
防止、减少细菌和灰尘的侵入。

shǐ yòng zhù yì
5.使用注意
bú yào cháng shí jiān àn jiàn pán　qīng ná qīng fàng shǒu jī
不要长时间按键盘,轻拿轻放手机,
shǒu jī bú yào fàng zài yǒu yìng wù　yào shi　yìng bì děng　de
手机不要放在有硬物(钥匙、硬币等)的
dōu lǐ
兜里。

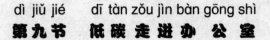

dì jiǔ jié dī tàn zǒu jìn bàn gōng shì
第九节 低碳走进办公室

lán tiān bái yún yáng guāng míng mèi huā cǎo piāo xiāng
蓝天白云，阳光明媚，花草飘香。

yī dòng yòu yī dòng de dà lóu xiàng níng gù de sēn lín
一栋又一栋的大楼，像凝固的森林。

xiǎo mì fēng fēi xiàng le gèng yuǎn gèng yuǎn de dì fāng fēi guò le
小蜜蜂飞向了更远更远的地方。飞过了

xǔ duō gè lù kǒu hǎo
许多个路口，好

duō gè dà lóu
多个大楼。

xiǎo mì fēng xuǎn
小蜜蜂选

zé le yī gè kàn qǐ lái
择了一个看起来

hěn gān jìng de bàn gōng
很干净的办公

shì bǐ zhí de fēi le jìn
室，笔直地飞了进

qù
去。

高个子嘴里吃着东西

bàn gōng shì hěn
办公室很

zhěng jié dì shàng yě yī chén bù rǎn
整洁，地上也一尘不染。

xiǎo mì fēng fēi jìn le yī gè xiǎo jiǎo luò tā yào ràng rén bú kàn
小蜜蜂飞进了一个小角落，他要让人不看

dào tā
到它。

zhè dào yǒu diǎn　　cáng māo māo　de gǎn jué
这倒有点"藏猫猫"的感觉。

guò le yī huì er　bàn gōng shì de mén bèi dǎ kāi le　jìn lái le jǐ
过了一会儿,办公室的门被打开了,进来了几

gè rén
个人。

tā men shuō zhe huà　　zuǐ lǐ hái chī zhe dōng xi
他们说着话,嘴里还吃着东西。

mǎn zuǐ de yóu　dōu kuài dī dào dì shàng le
满嘴的油,都快滴到地上了。

wǒ gēn nǐ shuō hā　jiù zhè gè dà zhá jī　jiù zhè gè xūn ròu dà
"我跟你说哈,就这个大炸鸡,就这个熏肉大

bǐng　nà kě zhēn jiào xiāng a　　gāo gè zi shuō
饼,那可真叫香啊。"高个子说。

ǎi gè zi shuō　　nǐ gěi wǒ ná gè zhǐ bēi dào diǎn shuǐ　bǎ kōng
矮个子说:"你给我拿个纸杯倒点水,把空

tiáo yě dǎ kāi　tài rè la
调也打开,太热啦。"

duì la　　bǎ diàn nǎo yě dǎ kāi　tīng jǐ shǒu huān kuài de gē
"对啦,把电脑也打开,听几首欢快的歌

qǔ　　ǎi gè zi shuō dào
曲。"矮个子说道。

gāo gè zi shuō　　yōu yōu yōu　ǎi gè zi　wǒ shuō nǐ jīn tiān guǒ
高个子说:"呦呦呦,矮个子,我说你今天果

rán bù yī yàng　yòu huàn le xīn yī fú　hǎo yǒu qián a
然不一样。又换了新衣服,好有钱啊。"

shì a　　qīng jié yuán bǎ bàn gōng shì dǎ sǎo de zhè me gān
"是啊,清洁员把办公室打扫得这么干

净，咱们就得好好享受生活，是不是？"矮
个子说。

高个子说："你小子，好吃懒做。"

呼呼，高个子和矮个子一会儿时间就睡着了。

小蜜蜂在一旁看了好长时间，有些累了，
也睡着了。

当疲劳、困倦时，适时进行适量的休息对
身体是有好处的，
也是必要的。

经过短暂休息
之后，小蜜蜂、高个
子、矮个子都好像
缓解了不少。

洗了脸，收拾好

矮个子一身西服

办公室，二人开始

gōng zuò
工作。

zhōng wǔ guò hòu huā ér men jīng shén le qǐ lái hǎo xiàng měi yī
中午过后，花儿们精神了起来，好像每一

duǒ mǎ shàng jiù yào zhàn fàng shì de
朵马上就要绽放似的。

xiǎo mì fēng shì zuì xiān jīng shén qǐ lái de jí xìng zi de tā dà
小蜜蜂是最先精神起来的，急性子的他大

hǎn dà jiào nǐ men nǐ men
喊大叫："你们，你们……"

ò gāo gè zi nǐ kuài kàn kan zhè shì shuí a ǎi gè zi jì
"哦，高个子，你快看看这是谁啊。"矮个子继

xù shuō dào yuán lái shì yī gè xiǎo mì fēng duì wǒ men luàn hǎn
续说道，"原来是一个小蜜蜂，对我们乱喊

luàn jiào
乱叫。"

ǎi gè zi yī lián shuō le hǎo jǐ biàn gāo gè zi tīng de dōu yǒu xiē
矮个子一连说了好几遍，高个子听得都有些

fán le
烦了。

tā dà shēng duì ǎi gè zi shuō bié lǐ tā nǐ zuò nǐ de
他大声对矮个子说："别理他，你做你的。"

gāo gè zi hěn lì hài yī jù huà ǎi gè zi jiù ān jìng xià lái le
高个子很厉害，一句话矮个子就安静下来了。

píng shí huà bù duō de gāo gè zi zài jǐn yào guān kǒu shuō huà shì
平时话不多的高个子，在紧要关口说话是

hěn yǒu fèn liàng de
很有分量的。

dāng rán nà gāo gè zi hé xiǎo mì fēng dōu shì nǔ lì de
当然，那高个子和小蜜蜂都是努力的。

104

xiǎo mì fēng nǔ lì diào chá xuān chuán dī tàn
小蜜蜂努力调查、宣传低碳。

gāo gè zi nǔ lì wán chéng zì jǐ de gōng zuò
高个子努力完成自己的工作。

xiǎo mì fēng nǐ yào shuō shén me hé wǒ shuō ba bào nù de
“小蜜蜂，你要说什么，和我说吧。”暴怒的

gāo gè zi cǐ shí què hěn wēn róu de shuō dào
高个子此时却很温柔地说道。

ā nà hǎo ba wǒ jiù hé nǐ shuō xiǎo mì fēng shuō
“啊，那好吧，我就和你说。”小蜜蜂说。

xiǎo mì fēng shuō wǒ shì dī tàn diào chá yuán lái guān zhù dī
小蜜蜂说：“我是低碳调查员，来关注低

tàn shēng huó de
碳生活的。”

nà wǒ men yǒu shén me wèn tí ma gāo gè zi shuō
“那我们有什么问题吗？”高个子说。

xiǎo mì fēng shuō nà wǒ jiù gěi nǐ men hǎo hǎo shuō xià a shì
小蜜蜂说：“那我就给你们好好说下啊。是

zhè yàng de wǒ yǐ xià jiǎng de zhè jǐ diǎn nǐ men jiù yán zhòng de wéi
这样的，我以下讲的这几点，你们就严重地违

fǎn le bàn gōng shì dī tàn shēng huó de yāo qiú
反了办公室低碳生活的要求。

bú yào jīng cháng chī zhá jī niú pái xūn ròu dà bǐng yī lèi
“1.不要经常吃炸鸡、牛排、熏肉大饼一类

de yóu zhá yān xūn shāo kǎo shí pǐn zhì zuò tā men huì xiàng kōng qì
的油炸、烟熏、烧烤食品。制作它们会向空气

lǐ pái fàng dà liàng de èr yǎng huà tàn
里排放大量的二氧化碳。

bú yào yòng zhǐ bēi dào shuǐ hǎo duō shù zào zhǐ hǎo duō zhǐ
“2.不要用纸杯倒水。好多树造纸，好多纸

zào bēi zi　dà shù méi le jiù méi yǒu xī shōu èr yǎng huà tàn de la
造杯子。大树没了就没有吸收二氧化碳的啦。

　　　　xiū xī shí jiān　bú yào kāi diàn nǎo　jì bù dī tàn　yě xiū xī
　　"3.休息时间,不要开电脑。既不低碳,也休息
bù hǎo
不好。

　　　　yī fú bú yào huàn de guò qín　gòu chuān jiù xíng　kuàng qiě
　　"4.衣服不要换得过勤,够穿就行。况且,
xiàn zài chuān yī shàng fù gǔ fēng shèng xíng　yī fú jiù diǎn hǎo　yǒu
现在穿衣上复古风盛行,衣服旧点好,有
wèi dào
味道。"

　　xiǎo mì fēng dé yì de shuō dào　　wǒ shuō wán la
　　小蜜蜂得意地说道:"我说完啦。"

　　　　nà wǒ men píng shí yě jì bú zhù zěn me dī tàn na　　gāo gè
　　"那我们平时也记不住怎么低碳哪。"高个
zi shuō
子说。

　　xiǎo mì fēng shuō　　bú yào gěi zì jǐ zhǎo jiè kǒu　nǐ zěn me méi
　　小蜜蜂说:"不要给自己找借口,你怎么没
yǒu wàng jì chī xūn ròu dà bǐng a
有忘记吃熏肉大饼啊。"

　　　　xiǎo mì fēng　nǐ hǎo huài a　wǒ de xiǎo mì mì dōu bèi nǐ fā
　　"小蜜蜂,你好坏啊,我的小秘密都被你发
xiàn le　wǒ jiù nà diǎn ài hào　tān chī　gāo gè zi shuō
现了。我就那点爱好,贪吃。"高个子说。

　　xiǎo mì fēng hé gāo gè zi liáo de bú yì lè hū　tū rán fā xiàn ǎi
　　小蜜蜂和高个子聊得不亦乐乎,突然发现矮
gè zi bú jiàn le
个子不见了。

gāo gè zi zháo jí
高个子着急

de shuō　　ǎi gè zi
地说："矮个子

bú jiàn le　zán men
不见了，咱们

kuài qù zhǎo zhǎo
快去找找。"

jǐn zhāng de qì
紧张的气

fēn　　shùn shí jiān pū
氛，瞬时间铺

sàn kāi lái
散开来。

矮个子躺在病床上

lóu shàng lóu xià　zhǎo le jǐ quān　yě méi zhǎo dào
楼上楼下，找了几圈，也没找到。

wú nài zhī xià　xiǎo mì fēng hé gāo gè zi zhǐ hǎo huí dào bàn gōng
无奈之下，小蜜蜂和高个子只好回到办公

shì děng
室等。

wèi　shì gāo gè zi ma　wǒ men shì zhōng xīn yī yuàn　ǎi gè zi
"喂，是高个子吗？我们是中心医院，矮个子

yīn wèi gāo xuè yā yūn dǎo　bèi sòng dào le yī yuàn　yī yuàn dǎ lái
因为高血压晕倒，被送到了医院。"医院打来

diàn huà shuō　qǐng nín jìn kuài gǎn dào yī yuàn　hǎo ma
电话说，"请您尽快赶到医院，好吗？"

gāo gè zi shuō　kàn lái tān chī zhēn bù xíng a
高个子说："看来贪吃真不行啊。"

xiǎo mì fēng hé gāo gè zi gǎn dào yī yuàn shí　ǎi gè zi zhèng miàn
小蜜蜂和高个子赶到医院时，矮个子正面

色苍白地躺在 床 上 ，没有力气。

"医 生 说，我是高血压。"矮个子说 。

高个子问："那是什么原因使你患 上 高 血压呢？"

风从 窗 外吹过，静 静 地。

对 面高楼墙 面 上 的颜色，雪白雪白的。

矮个子接着说道："都 怪我自己，饮食不规 律，暴饮暴食，总吃油炸 、烧 烤 、烟 熏 、酱卤一 类的食物。"

"这些食物都是高碳的，全吃高碳，人的身体 肯定 受不了啊。"小蜜蜂 说 。

"我现在决定，从 此开始低碳 生 活。"

"我低碳，我快乐！"矮个子喊出了他的低碳口 号 。

小蜜蜂和高个子都为矮个子鼓 掌 。

jǐ tiān hòu　ǎi gè zi kāng fù le
几 天 后，矮 个 子 康 复 了。

xiǎo mì fēng　gāo gè zi　ǎi gè zi yuē dìng hǎo　zài yī gè wú fēng
小 蜜 蜂、高 个 子、矮 个 子 约 定 好，在 一 个 无 风

de rì zi lǐ qù jiāo wài yě cān　chī huā mì shèng yàn
的 日 子 里 去 郊 外 野 餐，吃 花 蜜 盛 宴。

yě cān zhí de qī dài
野 餐 值 得 期 待。

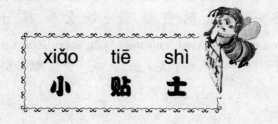

xiǎo tiē shì
小 贴 士

bàn gōng shì dī tàn
办 公 室 低 碳

duǎn shí jiān bú yòng diàn nǎo shí　qǐ yòng shuì mián mó shì
1.短 时 间 不 用 电 脑 时，启 用 睡 眠 模 式，
ràng diàn nǎo yě hǎo hǎo xiū xī yī xià
让 电 脑 也 好 好 休 息 一 下。

shì dàng jiàng dī xiǎn shì qì de liàng dù　jì néng shěng diàn yòu
2.适 当 降 低 显 示 器 的 亮 度，既 能 省 电 又
kě yǐ bǎo hù wǒ men de shì lì
可 以 保 护 我 们 的 视 力。

yìng pán　ruǎn pán　guāng pán děng　jìn liàng bú yào ràng tā
3.硬 盘、软 盘、光 盘 等，尽 量 不 要 让 它
men tóng shí gōng zuò
们 同 时 工 作。

guān diào yī xiē zàn shí bú yòng de chéng xù hé wài bù shè bèi
4.关 掉 一 些 暂 时 不 用 的 程 序 和 外 部 设 备。

zì jǐ zhǔn bèi hǎo hē shuǐ de bēi zi jìn liàng shǎo yòng huò bú

5.自己准备好喝水的杯子，尽量少用或不

yòng yī cì xìng zhǐ bēi

用一次性纸杯。

zhǐ zhāng shuāng miàn shǐ yòng jié yuē yòng zhǐ néng bù dǎ yìn

6.纸张双面使用，节约用纸，能不打印

de wén jiàn jìn liàng bù dǎ yìn

的文件尽量不打印。

bú yòng yī cì xìng de sù liào dài fàn hé hé kuài zi děng

7.不用一次性的塑料袋、饭盒和筷子等。

suí shǒu guān hǎo shuǐ lóng tóu jiǎn shǎo liáng shi wù pǐn de

8.随手关好水龙头，减少粮食、物品的

làng fèi

浪费。

xià bān shí suí shǒu guān dēng guān méi qì diàn biǎo shuǐ

9.下班时，随手关灯，关煤气、电表、水

biǎo děng

表等。

dì shí jié dòu yóu qì yóu shuāng jié néng

第十节 豆油汽油 双节能

xiǎo mì fēng zì yán zì yǔ jīn tiān shì gè wú fēng de rì zi a

小蜜蜂自言自语："今天是个无风的日子啊，

zhí de qī dài de yě cān zhōng yú yào kāi shǐ le

值得期待的野餐终于要开始了。"

yáng guāng wēn hé de zhào zài xiǎo mì fēng shēn shàng jīn càn càn

阳光温和地照在小蜜蜂身上，金灿灿

de

的。

办公室里，高个子和矮个子也正在整理行装，准备出发。

早上，小蜜蜂如约飞到了办公室。

"走吧，一起出发，今天就是个无风的日子，而且天气很好。"小蜜蜂欢快地说道。

"好呀，那我就满足你野餐的愿望。"高个子说。

矮个子说："只是高个子同意就行了？我不同意可没人开车啊。"

"那你什么意思，矮个子，你不同意我就使劲让你吃高碳食物。"小蜜蜂说。

"呵呵，我和你开玩笑呢。咱们赶紧走吧，再晚时间就来不及啦。"矮个子慢慢地说。

因为要出去郊游野餐，需要带好多好多的东西，所以呀，就要开汽车去。

考虑到东西太多这个实际情况，小蜜蜂还是勉为其难地同意了这个打算。

微风吹着，轻轻柔柔的，大家高高兴兴地去野餐了。

路途遥远，从市区开到郊区要很长时间。

现在，每个城市的面积和规模都在不停地扩大，这里也一样。

"在哪里野餐好呢？"路上，矮个子问道。

高个子说："就在这里吧，我觉得这里的风景很美。"

小蜜蜂则说："去我们的低碳百花园野餐吧，那里风景如画。"

听了这话，高个子和矮个子都有些动心。

他们决定先听一下小蜜蜂的描述再做决定。

jiē xià lái　xiǎo mì fēng gěi tā men miáo shù le qǐ lái
接下来，小蜜蜂给他们 描述了起来。

bāo kuò dī tàn bǎi huā yuán de fāng wèi　yǐn shí　shēng huó xí guàn
包括低碳百花园的方位、饮食、生活习惯

děng děng
等等。

gāo gè zi hé ǎi gè zi dōu jué de dī tàn bǎi huā yuán hǎo shì hǎo
高个子和矮个子都觉得低碳百花园好是好，

kě jiù shì lí de tài yuǎn le
可就是离得太远了。

tā men jué dìng yǐ
他们决定以

hòu zài qù
后再去。

dàn shì tā men
但是他们

shuō　tā men yǒng yuǎn
说，他们永远

yě bú huì wàng jì dī
也不会忘记低

tàn shēng huó de yuē
碳生活的约

dìng
定。

小蜜蜂被美丽景色所震撼

tīng le zhè huà　xiǎo mì fēng zhēn de bù zhī dào shuō shén me hǎo
听了这话，小蜜蜂真的不知道说什么好。

xiǎo mì fēng suī rán yǒu xiē shī wàng　dàn hái shì hé tā men yuē
小蜜蜂虽然有些失望，但还是和他们约

dìng　yǐ hòu yǒu shí jiān tā men yī dìng děi qù dī tàn bǎi huā yuán
定，以后有时间他们一定得去低碳百花园。

chē dào le yī gè shuǐ cǎo fēng měi de dì fāng tíng le xià lái yòu
车 到 了 一 个 水 草 丰 美 的 地 方 停 了 下 来，又

guò le hǎo yī huì er yě cān kāi shǐ le
过 了 好 一 会 儿，野 餐 开 始 了。

shì zi pú táo huáng guā yù mǐ tǔ dòu qīng yī sè de dī tàn
柿 子、葡 萄、黄 瓜、玉 米、土 豆，清 一 色 的 低 碳

shí pǐn
食 品。

dà jiā xiān shì ná chū zhǔn bèi hǎo de shā lā jiàng zuò qǐ le shuǐ
大 家 先 是 拿 出 准 备 好 的 沙 拉 酱，做 起 了 水

guǒ shā lā
果 沙 拉。

pú táo bàn shì zi zhè kě dōu shì dà jiā hěn shǎo néng chī dào de
葡 萄 拌 柿 子，这 可 都 是 大 家 很 少 能 吃 到 的

dōng xi
东 西。

měi wèi de shí wù jiù xiàng měi lì de huí yì shēn cáng xīn dǐ
美 味 的 食 物，就 像 美 丽 的 回 忆，深 藏 心 底。

shì de fēn xiǎng yě shì yī zhǒng lè qù
是 的，分 享 也 是 一 种 乐 趣。

sān gè huǒ bàn yī dùn bǎo cān zhī hòu fēn shǒu gào bié dà jiā dōu
三 个 伙 伴，一 顿 饱 餐 之 后 分 手 告 别，大 家 都

yī yī bù shě
依 依 不 舍。

ér qiě xiǎo mì fēng hái zhēn de bù xiǎng jiù zhè yàng yǔ gāo gè zi
而 且，小 蜜 蜂 还 真 的 不 想 就 这 样 与 高 个 子

hé ǎi gè zi fēn lí
和 矮 个 子 分 离。

yú shì tā chū le yī dào tí
于 是，他 出 了 一 道 题。

"你们二位听好啊,智慧的小蜜蜂又要出题啦。"小蜜蜂说。

二人说:"哦,哈哈,亲爱的小蜜蜂,那是没有问题的,你说吧。"

"你们要认真地、诚实地、全部地说说你们对于低碳生活的了解和看法。"小蜜蜂说。

矮个子说:"好啊,那我先说说。低碳生活就是分享,大家用一个盘子。人多吃饭香,而且可以轮流洗盘子。认识更多的朋友,低碳让我们快乐,那我们就要低碳的生活,我的低碳生活就是这样的。"矮个子很自信

高个子抽烟

de shuō dào
地说道。

xiǎo mì fēng kàn kan gāo gè zi   yì sī ràng tā yě shuō shuō
小蜜蜂看看高个子,意思让他也说说。

gāo gè zi sī kǎo piàn kè hòu shuō   wǒ xiǎng hǎo la   dī tàn shì
高个子思考片刻后说:"我想好啦。低碳是

shén me   dī tàn jiù shì wǒ men de xí guàn   shì měi gè rén zài shēng huó
什么,低碳就是我们的习惯,是每个人在生活

zhōng yǎng chéng de   jiù xiàng wǒ ài zuò chē bú ài qí zì xíng chē   gèng
中养成的。就像我爱坐车不爱骑自行车,更

bú ài zǒu lù   shí jiān cháng le   wǒ de tǐ lì dōu xià jiàng le   shàng
不爱走路。时间长了,我的体力都下降了,上

sān wǔ céng lóu jiù hǎn lèi   rú guǒ wǒ yào xiàng mǎn liǎn zhāo qì de xiǎo
三五层楼就喊累。如果我要像满脸朝气的小

péng yǒu nà yàng   sàn bù shàng bān huò pǎo bù shàng bān   nà wǒ yě huì
朋友那样,散步上班或跑步上班,那我也会

rén jiàn rén ài   hái yǒu   wǒ ài chōu yān   bǎ wǒ ér zi dōu qiàng huài
人见人爱。还有,我爱抽烟,把我儿子都呛坏

le   ér zi dōu shuō wǒ   bà ba nǐ shì dà yān chóng   suǒ yǐ   wèi le dī
了。儿子都说我,爸爸你是大烟虫。所以,为了低

tàn shēng huó   gèng shì wèi le wǒ ér zi de jiàn kāng   wǒ jué dìng jiè
碳生活,更是为了我儿子的健康,我决定戒

yān   wǒ yào zuò gè hǎo bà ba
烟。我要做个好爸爸。"

gāo gè zi shuō dào jī dòng shí   yǎn quān jìng rán dōu yǒu xiē shī rùn
高个子说到激动时,眼圈竟然都有些湿润

le   wǒ shì gè cū rén   dàn wǒ dǒng yī gè dào lǐ   fù chū nǔ lì jiù
了:"我是个粗人,但我懂一个道理:付出努力就

huì yǒu huí bào
会有回报!"

掌声足足响了一分多钟。小蜜蜂和矮个子都很激动。三个伙伴高兴地抱在一起。

大家情绪平静之后，小蜜蜂又讲道："我希望你们以后不开汽车，要开新能源环保车。汽车每天都要排放很多尾气，不但使得二氧化碳增多了，也会污染环境。所以呀，为了低碳，我们选择新能源环保车是很明智的。你们说对吗？"

二人异口同声地答道："对，太对啦。"

小蜜蜂说："我们吃饭用的豆油、花生油、色拉油、橄榄油等食用油，也要节约使用。比如说，平时可以多吃些凉拌的青菜或水果，健康添活力。这样就会节约很多油，而且不会吃得那么腻。"

小蜜蜂的话使得高个子和矮个子频频点头。

XIAO MI FENG AO YOU DI TAN BAI HUA YUAN

kě zhēn méi kàn chū lái　xiǎo mì fēng yǒu dà zhì huì a　　èr rén
"可真没看出来,小蜜蜂有大智慧啊。"二人

shuō　　wǒ men jué de nǐ shuō de jié yuē qì yóu hé dòu yóu lèi de　hěn
说,"我们觉得你说的节约汽油和豆油类的,很

yǒu dào lǐ　wǒ men huì qù zhè yàng dī tàn shēng huó de
有道理。我们会去这样低碳生活的。"

xī yáng rǎn hóng le tiān　xiǎo mì fēng tí xǐng dào　　shí jiān bù
夕阳染红了天。小蜜蜂提醒道:"时间不

zǎo la　nǐ men yě gāi huí jiā qù dī tàn shēng huó la
早啦,你们也该回家去低碳生活啦。"

bài bài le　wǒ de hǎo péng yǒu men　xiǎo mì fēng shuō　　jì
"拜拜了,我的好朋友们。"小蜜蜂说,"记

zhù zán men de yuē dìng　　dī tàn shēng huó
住咱们的约定——低碳生活。"

gāo gè zi hé ǎi gè zi shuō　　wǒ men huì de　yī dìng huì de
高个子和矮个子说:"我们会的,一定会的。"

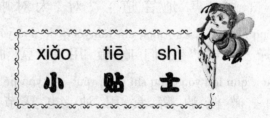

xiǎo tiē shì
小 贴 士

jié yuē shí yòng yóu
节约食用油

shí yòng yóu zhǔ yào bāo kuò dòu yóu　sè lā yóu　huā shēng yóu
1.食用油主要包括豆油、色拉油、花生油、

gǎn lǎn yóu　zōng lǘ yóu děng
橄榄油、棕榈油等。

gēn jù yòng liàng dào rù shì liàng shí yòng yóu
2.根据用量倒入适量食用油。

zuò hǎo zhǔn bèi yǐ miǎn zuò cài shí huāng zhāng dǎo zhì shí
3. 做好准备，以免做菜时慌张，导致食

yòng yóu dào duō dào sǎ
用油倒多、倒撒。

nǐng jǐn yóu píng gài fáng zhǐ shí yòng yóu shèn chū zào chéng
4. 拧紧油瓶盖，防止食用油渗出，造成

làng fèi
浪费。

dì shí yī jié tǎo yàn de wǎng luò yóu xì
第十一节 讨厌的网络游戏

yě cān jié shù hòu xiǎo mì fēng hái yī yī bù shě de yǔ gāo gè zi
野餐结束后，小蜜蜂还依依不舍地与高个子

hé ǎi gè zi huī shǒu gào bié
和矮个子挥手告别。

dào le zhǐ dìng de dì diǎn xiǎo mì fēng hěn róng yì jiù zhǎo dào le
到了指定的地点，小蜜蜂很容易就找到了

fēng hòu
蜂后。

gèng ràng xiǎo mì fēng gāo xìng de shì fēng hòu dài lái le tā fēi
更让小蜜蜂高兴的是，蜂后带来了他非

cháng ài chī de huā mì
常爱吃的花蜜。

cháng shí jiān wài chū diào chá xiǎo mì fēng yǒu xiē xiǎng jiā le
长时间外出调查，小蜜蜂有些想家了。

fēng hòu kàn chū le zhè yī diǎn ān wèi dào xiǎng jiā le ba
蜂后看出了这一点，安慰道："想家了吧，

bú yào xiǎng jiā nǐ bú shì jiāo dào le hǎo duō péng yǒu ma
不要想家，你不是交到了好多朋友嘛。"

"哪有啊,我就是 尝 到家里的花蜜,乐的。"小

蜜蜂说。

蜂 后说:"我要告诉你一个好消息。"

蜂 后暂时没 说,它在等 小 蜜蜂问她。

"快 告诉我啊,蜂后。"小蜜蜂 着急地问道。

蜂 后说:"我就告诉你。"

"下 面只 剩 下 两 个任务,需要你去完 成 。"

"那快 快告诉我,倒数第二个是 什 么啊?"小

蜜蜂 说。

"好的,下面你要去调查 网 络游戏啦。"

转 眼间,小蜜蜂就飞走了,临走时说道:

"我会的。"

小蜜蜂 努力地飞行 着,为了他的目标,努力努

力再努力。

天气变得炎热起来,就连 小蜜蜂 也有点

chéng shòu bú zhù le
承 受 不 住 了。

dà dī dà dī de hàn zhū   shùn zhe xiǎo mì fēng de liǎn jiá liú tǎng
大滴大滴的汗珠，顺着小蜜蜂的脸颊流淌

xià lái
下来。

qián miàn bù yuǎn jiù shì la   ò yē   xiǎo mì fēng zì yán zì
"前面不远就是啦，哦耶！"小蜜蜂自言自

yǔ dào
语道。

kě shì tā bù míng bái wèi shén me yào qù diào chá wǎng luò yóu xì
可是他不明白为什么要去调查网络游戏，

wǎng luò yóu xì hé dī tàn yǒu shén me lián xì
网络游戏和低碳有什么联系？

yú shì   tā fēi dào le yī jiā wǎng bā lǐ   qù xún zhǎo dá àn
于是，他飞到了一家网吧里，去寻找答案。

guǎn lǐ yuán   guǎn lǐ yuán   bāng wǒ chá diǎn dōng xi   xiǎo
"管理员，管理员，帮我查点东西。"小

mì fēng shuō
蜜蜂说。

guǎn lǐ yuán shuō   ya   hǎo kě ài de xiǎo mì fēng a   shén me
管理员说："呀，好可爱的小蜜蜂啊，什么

wèn tí nǐ shuō ba
问题你说吧。"

wǒ yào chá yī xià wǎng luò yóu xì duì dī tàn de bú lì yǐng
"我要查一下网络游戏对低碳的不利影

xiǎng   xiǎo mì fēng shuō
响。"小蜜蜂说。

guǎn lǐ yuán shuō   zhè kě yǒu hǎo duō diǎn a   wǒ gěi nǐ tiāo
管理员说："这可有好多点啊，我给你挑

zhǔ yào de shuō yī shuō ba
主要的说一说吧。

shǒu xiān jì suàn jī gōng zuò shí huì shì fàng hěn duō rè liàng
"首先，计算机工作时，会释放很多热量

yǐ jí èr yǎng huà tàn
以及二氧化碳。

qí cì wǎng luò yóu xì huì dài lái yǐn shí yǐn shuǐ de xiāng guān
"其次，网络游戏会带来饮食、饮水的相关

xiāo fèi
消费。

dì sān wǎng luò yóu xì huì yǐng xiǎng shì lì tīng jué wèi
"第三，网络游戏会影响视力、听觉、胃

cháng xiāo huà děng děng
肠消化等等。"

xiǎo mì fēng tīng
小蜜蜂听

guò hòu shuō le shēng
过后说了声

xiè xiè
谢谢。

怎一个
无语了得

zhī hòu tā fēi
之后，他飞

xiàng le yī wèi zhèng
向了一位正

zài wán wǎng luò yóu
在玩网络游

xì de shào nián
戏的少年。

小蜜蜂对少年很无奈

nǐ bù dī tàn
"你不低碳，

122

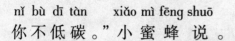

nǐ bù dī tàn　　xiǎo mì fēng shuō
你不低碳。"小蜜蜂说。

shào nián shuō　　wǒ zěn me bù dī tàn le
少年说："我怎么不低碳了？"

yīn wèi nǐ yī zhí zài wán wǎng luò yóu xì　　xiǎo mì fēng shuō
"因为你一直在玩网络游戏。"小蜜蜂说。

shào nián shuō　　ó ya　nà jiù bù dī tàn la　xiǎo mì fēng jiù huì
少年说："哦呀，那就不低碳啦，小蜜蜂就会

luàn jiǎng
乱讲。"

nǐ zì jǐ chá yī xià wǎng luò jiù qīng chǔ la　　xiǎo mì fēng shuō
"你自己查一下网络就清楚啦。"小蜜蜂说。

zhī hòu　shào nián chá le yī xià wǎng luò shàng de shuō fǎ
之后，少年查了一下网络上的说法。

jǐ fēn zhōng de shí jiān lǐ　shào nián zhēn de dà chī yī jīng
几分钟的时间里，少年真的大吃一惊。

tā zhēn shì bù gǎn xiāng xìn　wán wǎng luò yóu xì yě huì yǒu zhè me
他真是不敢相信，玩网络游戏也会有这么

duō de wēi hài
多的危害。

chú le wán wǎng luò yóu xì duì dī tàn shēng huó yǒu bú lì yǐng xiǎng
除了玩网络游戏对低碳生活有不利影响

wài　hái yǒu bào dào shuō yǒu xiē wǎng yǐn yán zhòng de rén　yīn wèi
外，还有报道说有些网瘾严重的人，因为

cháng shí jiān lián xù de shàng wǎng ér wèi xiū xī　yán zhòng de sǔn hài
长时间连续地上网而未休息，严重地损害

le shēn tǐ jiàn kāng
了身体健康。

yī huì er　lái le yī qún shào nián de péng yǒu　tā men quàn shào
一会儿，来了一群少年的朋友，他们劝少

年一定要玩。

经不住朋友的劝说，少年就又开始玩上网络游戏了。

当当，当当，游戏的声音巨大。

一晚上下来，少年明显瘦了一圈。

网络游戏不仅没有低碳，而且还影响了正常的休息。

网吧内热气腾腾，二氧化碳的排放量非常大。

而且，里面一片混乱，吃的喝的堆了一地。

人们睡的姿势，千奇百怪，东倒西歪。

"喂，你该醒啦，天都亮啦。"小蜜蜂说。

"我以后一定少玩网络游戏。"少年疲惫地说。

"这样就好，你能明白我的苦心就行。"

wǒ de mù biāo jiù shì　ràng dà jiā dī tàn de tóng shí néng shēng
"我 的 目 标 就 是 ， 让 大 家 低 碳 的 同 时 能　生

huó de gèng jiā kuài lè
活 得 更 加 快 乐 。"

suǒ yǐ　wǎng luò yóu xì yě yào dī tàn
"所 以 ， 网 络 游 戏 也 要 低 碳 。"

yào jìn liàng shǎo wán　fǒu zé nǐ de yǎn jīng yě shòu bù liǎo
"要 尽 量 少 玩 ， 否 则 你 的 眼 睛 也 受 不 了

a　xiǎo mì fēng shuō
啊 。" 小 蜜 蜂 说 。

shào nián shuō　　ò　hǎo de
少 年 说 ："哦 ，好 的 。"

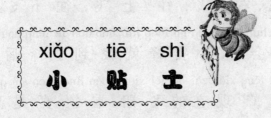

xiǎo　tiē　shì
小　贴　士

guò liàng wán wǎng luò yóu xì de wēi hài
过 量 玩 网 络 游 戏 的 危 害

duì shì lì yǒu wēi hài
1. 对 视 力 有 危 害 。

duì tīng lì yǒu wēi hài
2. 对 听 力 有 危 害 。

duì xiù jué yǒu wēi hài
3. 对 嗅 觉 有 危 害 。

duì hū xī dào yǒu wēi hài
4. 对 呼 吸 道 有 危 害 。

duì shuì mián yǒu wēi hài
5. 对 睡 眠 有 危 害 。

diàn nǎo fú shè duì dà nǎo　pí fū yǒu wēi hài
6. 电 脑 辐 射 对 大 脑、皮 肤 有 危 害。

dì shí èr jié　　diàn shì jī fēng kuáng yòng diàn
第 十 二 节　电 视 机 疯 狂 用 电

sàn le yī huì er bù　xiǎo mì fēng xīn xiǎng yīng gāi qù zhǎo fēng hòu
散 了 一 会 儿 步。小 蜜 蜂 心 想 应 该 去 找 蜂 后

wèn yī wèn　zhè zuì hòu yī gè mù biāo shì nǎ lǐ la
问 一 问，这 最 后 一 个 目 标 是 哪 里 啦

xiǎo mì fēng huī wǔ zhe piào liàng de chì bǎng　fēi ya fēi ya fēi ya
小 蜜 蜂 挥 舞 着 漂 亮 的 翅 膀，飞 呀 飞 呀 飞 呀。

zuǒ fēi fēi　yòu fēi fēi　wǎng shàng fēi　wǎng xià fēi
左 飞 飞，右 飞 飞，往 上 飞，往 下 飞。

fēi le yī huì er　xiǎo mì fēng jiù zhǎo dào le fēng hòu
飞 了 一 会 儿，小 蜜 蜂 就 找 到 了 蜂 后。

xiǎo mì fēng xiàn zài de fēi xiáng běn lǐng zhēn shì gāo qiáng a
"小 蜜 蜂 现 在 的 飞 翔 本 领 真 是 高 强 啊，

fēi de hǎo kuài ya　fēng hòu kuā jiǎng xiǎo mì fēng
飞 得 好 快 呀。"蜂 后 夸 奖 小 蜜 蜂。

fēng hòu jiē zhe shuō dào　　zuì hòu yī xiàng　nǐ yào diào chá de
蜂 后 接 着 说 道："最 后 一 项，你 要 调 查 的

shì diàn shì jī de dī tàn qíng kuàng
是 电 视 机 的 低 碳 情 况。"

tiáo pí de xiǎo mì fēng wèn fēng hòu　wǒ yào chī huā mì　wǒ yào
调 皮 的 小 蜜 蜂 问 蜂 后："我 要 吃 花 蜜，我 要

chī huā mì ma
吃 花 蜜 嘛。"

gěi nǐ dài lái la　fēng hòu shuō
"给 你 带 来 啦。"蜂 后 说。

xiǎo mì fēng bǎo cān zhī hòu yòu zài yī cì chū fā le
小蜜蜂饱餐之后，又再一次出发了。

tā yòu yī cì huí dào le zhè gè shú xī de chéng shì
它又一次回到了这个熟悉的城市。

chéng shì hái shì hěn rè xiǎo mì fēng yě qīng chǔ dī tàn bú shì mǎ shàng jiù néng zuò dào de shì yào dà jiā bú duàn de nǔ lì
城市还是很热，小蜜蜂也清楚，低碳不是马上就能做到的事，要大家不断地努力。

diào chá diàn shì jī de dī tàn hái shì qù jū mín de jiā lǐ ba
调查电视机的低碳，还是去居民的家里吧。

xiǎo mì fēng jìng zhí de xiàng gāo gè zi de jiā lǐ fēi qù
小蜜蜂径直地向高个子的家里飞去。

tā kàn dào gāo gè zi zhè yī huí méi yǒu xī yān
他看到高个子这一回没有吸烟。

tā zhèng zài hé ér zi wán shuǎ yī tái tóu kàn dào le xiǎo mì fēng
他正在和儿子玩耍，一抬头看到了小蜜蜂。

xiǎo mì fēng zhè me kuài jiù lái le zhè cì shì yào àn zhào yuē dìng yī qǐ qù dī tàn bǎi huā yuán ma
“小蜜蜂，这么快就来了，这次是要按照约定一起去低碳百花园吗？”

xiǎo mì fēng shuō shì de dàn shì
小蜜蜂说：“是的，但是——”

zěn me hái yǒu dàn shì a gāo gè zi wèn dào
“怎么还有但是啊？”高个子问道。

xiǎo mì fēng shuō gēn nǐ shuō ba wǒ de zuì hòu yī gè diào chá mù biāo jiù shì nǐ jiā de diàn shì jī
小蜜蜂说：“跟你说吧，我的最后一个调查目标就是你家的电视机。”

qí shí jiù shì hé nǐ men yī qǐ shēng huó jǐ tiān xiǎo mì fēng
“其实就是和你们一起生活几天。”小蜜蜂

jiē zhe yòu shuō dào.
接着又说道。

kàn zhe gāo gè zi de ér zi   zhèng zài kāi xīn de wán shuǎ
看着高个子的儿子，正在开心地玩耍。

gāo gè zi hé xiǎo mì fēng dōu tè bié de kāi xīn
高个子和小蜜蜂都特别地开心。

xǐ yuè de xīn qíng xiàng shì hái zi de yī wān qiǎn xiào   róu róu de
喜悦的心情 像是孩子的一弯浅笑，柔柔地。

wǎn shàng de shí hòu shì diàn shì lǐ huáng jīn shí duàn   chà bù duō
晚上的时候是电视里黄金时段，差不多

jiā jiā hù hù dōu zài kàn diàn shì
家家户户都在看电视。

yī tái diàn shì jiù néng bǎ zhěng gè wū zi quán zhào liàng   xiàng bái
一台电视就能把整个屋子全照亮，像白

tiān shì de
天似的。

gāo gè zi jiā lǐ shōu shí
高个子家里收拾

de hěn gān jìng   yī chén bù
得很干净，一尘不

rǎn
染。

gāo gè zi dé yì de xiào
高个子得意地笑

zhe shuō   hái xíng ba
着说："还行吧。

píng shí jiù zhè yàng zhěng jié
平时就这样整洁，

shēng huó de cái shū fú ma
生活得才舒服嘛。"

小蜜蜂给高个子讲知识

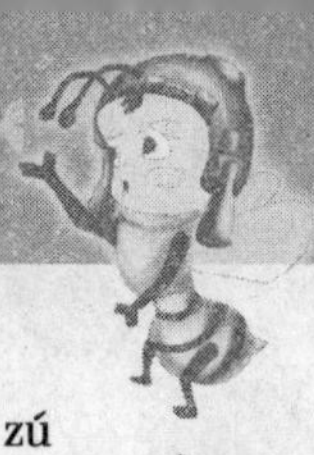

xiǎo mì fēng shuō　wǒ yī dìng yào gěi nǐ zhǐ chū yī diǎn bù zú zhī chù
小蜜蜂说："我一定要给你指出一点不足之处。"

nà jiù shì diàn shì jī hòu biān bú yào gài rèn hé dōng xi　diàn shì jī hòu miàn yǒu sàn rè kǒu　dǎng zhù hòu huì yǐng xiǎng sàn rè　kě néng huì zēng jiā hào diàn liàng
"那就是电视机后边不要盖任何东西。电视机后面有散热口，挡住后会影响散热，可能会增加耗电量。"

gāo gè zi shuō　xiǎo mì fēng bú kuì shì dī tàn diào chá yuán　dǒng de zhēn duō ɑ
高个子说："小蜜蜂不愧是低碳调查员，懂得真多啊。"

hā hā　dōu bèi nǐ zhī dào la　wǒ shì shāo wēi de dǒng yī xiē de　xiǎo mì fēng shuō
"哈哈，都被你知道啦，我是稍微地懂一些的。"小蜜蜂说。

diàn shì jī lǐ yǎn qǐ le dòng huà piān
电视机里演起了动画片。

xiǎo mì fēng shuō　gāo gè zi　nǐ bú yào bǎ guāng tiáo zhè me liàng　bú dàn fèi diàn　ér qiě hái zi yě shòu bù liǎo qiáng guāng de
小蜜蜂说："高个子，你不要把光调这么亮，不但费电，而且孩子也受不了强光的。"

zhī dào la　gāo gè zi shuō
"知道啦。"高个子说。

xiàn dài rén de shēng huó shì fēng fù duō cǎi de
现代人的生活是丰富多彩的。

měi jiā wū zi lǐ dōu yǒu hěn duō jiā yòng diàn qì
每家屋子里都有很多家用电器。

电视机把屋子照亮

lì rú diàn shì
例如电视、
bīng xiāng xǐ yī
冰 箱 、洗衣
jī diàn fàn bāo
机 、电饭煲、
kōng tiáo diàn nǎo
空调、电脑、
xī chén qì děng
吸 尘 器 等
děng jiù xiàng kāi
等 ，就 像 开

le diàn qì shāng diàn
了 电器 商 店。

yī wǎn shàng gāo gè zi yī jiā dōu zài kàn diàn shì
一 晚 上 ，高个子一家都在看 电 视。

yè shēn le xiǎo bǎo bǎo hū hū de shuì zháo le
夜深了，小宝宝呼呼地睡 着 了。

gāo gè zi zhǎng wò le diàn shì de yáo kòng qì
高个子掌 握了电视的遥 控 器。

gèng wǎn xiē de shí hòu gāo gè zi guān diào le diàn shì
更 晚 些的时候，高个子关 掉了电视。

xiǎo mì fēng gāo gè zi dōu qù xiū xī le
小蜜 蜂 、高个子都去休息了。

tiān jiàn jiàn de liàng le
天 渐 渐地亮了。

tiān kōng piāo dòng zhe yún duǒ ǒu ěr yě yǒu yàn zi fēi guò
天 空 飘 动 着云朵，偶尔也有燕子飞过。

xǐng la xǐng la gāi qǐ chuáng la zǎo zǎo qǐ chuáng de xiǎo
"醒 啦，醒 啦，该起 床 啦。"早早起 床 的小

mì fēng shuō
蜜蜂 说。

gāo gè zi róu le róu yǎn jīng
高个子揉了揉眼睛。

yā　wǒ děi shàng bān le　　gāo gè zi zháo jí de shuō
"呀，我得 上 班了。"高个子着急地说。

ā　bú shì de bú shì de　　gāo gè zi yòu shuō　　jīn tiān xiū
"啊，不是的不是的。"高个子又说，"今天休

xī　bú yòng shàng bān
息,不用 上 班。"

xiǎo mì fēng gāo xìng de shuō dào　　ò　nà nǐ kě yǐ zài jiā péi
小蜜蜂高兴地说道："哦,那你可以在家陪

wǒ men le
我们了。"

wǒ de lǎo péng yǒu　xiǎo mì fēng　kuài gěi wǒ jiǎng yī jiǎng diàn
"我的老朋友,小蜜蜂,快给我讲一讲电

shì jī yào zěn yàng cái néng gèng hǎo de dī tàn ne　gāo gè zi shuō
视机要怎样才能 更 好地低碳呢。"高个子说。

xiǎo mì fēng shuō　nǐ kàn nǐ zuó wǎn kàn wán diàn shì méi bá diào
小蜜蜂说:"你看你昨晚看完电视没拔掉

diàn yuán　zhè yī wǎn jiù huì làng fèi hěn duō diàn　hái yǒu a　nǐ jiā diàn
电源,这一晚就会浪费很多电。还有啊,你家电

shì jī yīn liàng tiáo de tài dà la　xiǎo hái zi de ěr duǒ shòu bù liǎo a
视机音 量 调得太大啦,小孩子的耳朵受不了啊。"

yī tán qǐ dī tàn　huà zǒng shì shuō bù wán
一谈起低碳,话 总 是说不完。

dī tàn yǐ jīng róng rù le gāo gè zi de shēng huó
低碳已经 融入了高个子的 生 活。

gāo gè zi péi zhe xiǎo mì fēng yī qǐ lái dào le ǎi gè zi jiā
高个子陪着小蜜蜂一起来到了矮个子家。

矮个子热情地款待小蜜蜂和高个子。

他们三个做起了小孩子的游戏"藏猫猫"。

小蜜蜂说:"你家平常是怎么使用电视的,跟我们说说。"

"我家有两台电视,我们基本天天看电视,那电费可贵啦。"矮个子说,"你看看我这眼睛都成熊猫眼啦。"

小蜜蜂问:"那你怎么还不停地看呢。"

小蜜蜂给矮个子加油

"电视节目太好看啦,我总是熬夜在看。"

小蜜蜂说:"那我建议你,应该减少看电视的时间,多

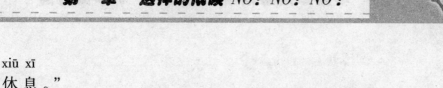

xiū xī
休息。"

wǒ tīng nǐ de xiǎo mì fēng wǒ huì hǎo hǎo xiū xī de
"我听你的，小蜜蜂，我会好好休息的。"

ǎi gè zi yòu wèn   nà wǒ píng shí qù nǎ er yú lè a
矮个子又问："那我平时去哪儿娱乐啊？"

zhè ge jiǎn dān nǐ kě yǐ pǎo bù huò shì zuò jiàn shēn duō hǎo
"这个简单，你可以跑步或是做健身，多好

a xiǎo mì fēng shuō
啊。"小蜜蜂说。

ǎi gè zi shuō   cǐ huà yǒu lǐ
矮个子说："此话有理。"

xiǎo mì fēng shuō   nǐ yào xiàng gāo gè zi xué xí a   tā jiā
小蜜蜂说："你要向高个子学习啊，他家

xiàn zài yǐ jīng hěn dī tàn le
现在已经很低碳了。"

zhè ge gāo gè zi xué xí mó fǎng néng lì hái zhēn qiáng a   ǎi
"这个高个子学习模仿能力还真强啊。"矮

gè zi shuō
个子说。

xiǎo mì fēng zuò le gè jiā yóu de shǒu shì duì ǎi gè zi shuō   nǐ
小蜜蜂做了个加油的手势，对矮个子说："你

yě jiā yóu a
也加油啊！"

dī tàn ràng xiǎo mì fēng rèn shí le gèng duō hǎo péng yǒu
低碳让小蜜蜂认识了更多好朋友。

XIAO MI FENG AO YOU DI TAN BAI HUA YUAN

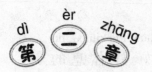

dì èr zhāng
第 二 章

hǎo hǎo shēng huó   tiān tiān dī tàn
好 好 生 活　天 天 低 碳

dì yī jié   bǎi huā yuán yíng bīn qìng diǎn
第一节　百 花 园 迎 宾 庆 典

fēng qīng róu tiān wèi lán dī tàn bǎi huā yuán yíng bīn qìng diǎn
风 轻 柔，天 蔚 蓝，低 碳 百 花 园 迎 宾 庆 典

lóng zhòng jǔ xíng
隆 重 举 行。

dāng xiǎo mì fēng yī xíng rén hái méi dào dī tàn bǎi huā yuán shí
当 小 蜜 蜂 一 行 人 还 没 到 低 碳 百 花 园 时，

fēng hòu jiù yǐ jīng dài lǐng zhòng duō mì fēng zhǔn bèi huān yíng dī tàn
蜂 后 就 已 经 带 领 众 多 蜜 蜂，准 备 欢 迎 低 碳

diào chá xuān chuán yuán men de dào lái
调 查 宣 传 员 们 的 到 来。

fāng cǎo dì de zhèn zhèn qīng shuǎng bàn zhe qún fāng zhēng huī de
芳 草 地 的 阵 阵 清 爽 伴 着 群 芳 争 辉 的

xuàn làn   dī tàn bǎi huā yuán rè nào jí le
绚 烂，低 碳 百 花 园 热 闹 极 了。

mì fēng men piān piān qǐ wǔ zài zhòng duō wǔ zhě zhōng fēng hòu de
蜜 蜂 们 翩 翩 起 舞，在 众 多 舞 者 中 蜂 后 的

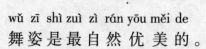

舞姿是最自然优美的。

小蜜蜂一行一路歌声一路笑声，在通往低碳百花园的大路上行进着。

美女说道："小蜜蜂，通往低碳百花园这一路上的风景真漂亮啊，就像画中的风景一样。真不敢相信，世界上还有这样美得让人难以置信的地方。"

少年说："是啊，以前我沉浸在网络游戏的虚拟世界里，觉得网游世界就已经是最美的了。看来我要多到外面走走啦，低碳让我更快乐

小蜜蜂听少年讲话

XIAO MI FENG AO YOU DI TAN BAI HUA YUAN

啊。"

小胖子说:"你们都不知道,路上休息时我喝了点溪水,发现这的水比加糖的饮料还要甜,口感柔柔的……"

高个子说:"我最在意的就是空气质量,这里的空气质量真是非常非常清新啊。"

矮个子说:"高个子这话说得很有水平嘛,我赞同他的说法,空气清新,风景迷人。"

不一会儿,胖子一喘一喘地从后面赶上了大队伍。

胖子说:"你们等等我,要有团队意识啊。水果没有农药,吃得安全放心啊。"

瘦子紧接着说道:"总体感觉很自然,让人感觉蛮舒服的。"

大家你一言我一语地发表了自己的观点。

xiǎo mì fēng dōng kàn yī yǎn　xī kàn yī yǎn　zhuān xīn de tīng zhe
小蜜蜂东看一眼,西看一眼,专心地听着

dà jiā de gǎn shòu
大家的感受。

hā hā　hā hā　hā hā　hǎo kāi xīn a　xiǎo mì fēng lè de zuǒ
"哈哈,哈哈,哈哈,好开心啊。"小蜜蜂乐得左

yáo yáo　yòu huàng huàng　xiàng gè bù dǎo wēng shì de
摇摇,右晃晃,像个不倒翁似的。

dà jiā jīng shén bǎo mǎn　liǎn shàng dōu guà zhe xiào róng
大家精神饱满,脸上都挂着笑容。

kě ài de xiǎo pàng zi tū rán dà shēng hǎn dào　nǐ men kuài kàn
可爱的小胖子突然大声喊道:"你们快看

a　dī tàn bǎi huā yuán dào la
啊,低碳百花园到啦!"

dī dī dī dī dī　dā dī dī dā　dī dī dī dī dī　dā dī dī dā
滴滴滴滴滴,答滴滴答,滴滴滴滴滴,答滴滴答,

dī dī dā dā
滴滴答答……

huān kuài de gǔ
欢快的鼓

yuè ràng xiǎo mì fēng
乐让小蜜蜂

tā men gǎn dào　zuò
他们感到,作

wéi dī tàn xuān chuán
为低碳宣传

yuán shì guāng róng
员是光荣

de　zì háo de　zhí
的、自豪的、值

百花园迎宾庆典

XIAO MI FENG AO YOU DI TAN BAI HUA YUAN

XIAO MI FENG AO YOU DI TAN BAI HUA YUAN

小蜜蜂和少年、美女等喝"泉水花蜜"

dé de
得的。

gè dī tàn
8个低碳

xuān chuán yuán bèi
宣传员被

qǐng dào dī tàn bǎi
请到低碳百

huā yuán yíng bīn
花园迎宾

qìng diǎn de zhǔ xí
庆典的主席

tái shàng jiù zuò
台上就坐。

měi wèi miàn qián dōu yǒu yī bēi dī tàn bǎi huā yuán de tè sè yǐn
每位面前都有一杯低碳百花园的特色饮

liào quán shuǐ huā mì
料"泉水花蜜"。

zhè shì dī tàn bǎi huā yuán de shàng děng yǐn pǐn zhǐ yǒu dāng zuì
这是低碳百花园的上等饮品,只有当最

zūn guì de kè rén dào lái shí cái néng xiǎng yòng
尊贵的客人到来时才能享用。

dà jiā yòng zuì rè liè de zhǎng shēng huān yíng fēng hòu jiǎng huà
大家用最热烈的掌声欢迎蜂后讲话。

fēng hòu yōu yǎ de shuō qīn ài de mì fēng men shǒu xiān ràng
蜂后优雅地说:"亲爱的蜜蜂们,首先让

wǒ men wèi wèi dī tàn xuān chuán yuán xiàn shàng wǒ men de zhǎng
我们为8位低碳宣传员献上我们的掌

shēng
声。"

8位低碳宣传员站起来回敬大家的鼓励。

蜂后接着说道:"下面有请小蜜蜂为大家讲几句话。"

小蜜蜂激动地说道:"现在世界越来越热啦,但是我们低碳百花园却仍然冬暖夏凉,这就是我们坚持节约健康的低碳生活理念的原因。"

小蜜蜂继续说道:"7位好朋友和我一起调查宣传低碳,给自己带来快乐的同时也让别人很开心,我也要谢谢他们。"

蜂后说道:"我们的小蜜蜂通过调查宣传低碳,真的是长大了,话说得很有深度,又很实在。我要重重地奖励你们。"

"是什么奖励啊?"少年问。

"是又一瓶泉水花蜜?"美女说。

蜂后提醒大家："不对，再好好想想，低碳百花园是非常自然的。"她的眼神不时地看看旁边的树林。

小胖子自以为聪明地说道："大树。"

"哈哈，小胖子真是善于观察啊，但是不对。"蜂后说。

"再提醒一下你们，低碳百花园就是一个大森林大果园。"

"葡萄、哈密瓜、榴莲、火龙果……有对的吗，蜂后？"矮个子问道。

"还真的没有啊。"蜂后回答道。

蜂后说："那就这样子好啦，接下来的日子里我会让小蜜蜂简单地给大家示范一下，正确的低碳节能怎样去做。到那时我再告诉大家，我先把答案告诉小蜜蜂啊。"

140

fēng hòu dào xiǎo mì fēng ěr biān shuō le jǐ jù huà　jiù xià qù xiū
蜂后到小蜜蜂耳边说了几句话，就下去休

xī le
息了。

dà jiā dōu yòng hào qí de yǎn guāng kàn zhe xiǎo mì fēng
大家都用好奇的眼光看着小蜜蜂。

hǎo hǎo hǎo　wǒ shuō　wǒ shuō　nǐ men bié yòng zhè zhǒng hào
"好好好，我说，我说。你们别用这种好

qí de yǎn guāng
奇的眼光

kàn wǒ le　xíng
看我了，行

bù　xiǎo mì
不？"小蜜

fēng shuō
蜂说。

wǒ yào
"我要

shuō de jiù shì wǒ
说的就是我

蜂后在一群蜜蜂中翩翩起舞

bú gào sù nǐ men　hā hā hā
不告诉你们，哈哈哈……"

xiǎo mì fēng de huà gěi dà jiā dōu dòu xiào le
小蜜蜂的话给大家都逗笑了。

dà jiā gǎn jué bèi xiǎo mì fēng gěi xì shuǎ le　hěn bù gān xīn　yú
大家感觉被小蜜蜂给戏耍了，很不甘心，于

shì　gè rén qù zhuī xiǎo mì fēng
是7个人去追小蜜蜂。

xiǎo mì fēng bèi zhuī de zhí zhuàn quān quān　yǒu xiē yūn
小蜜蜂被追得直转圈圈，有些晕。

突然，小蜜蜂不跑了，停下来说道："你们7个好讨厌啊，那么大的人追我一个小蜜蜂，这游戏不好玩。咱们玩藏猫猫，我躲起来，你们数100个数，然后开始找我，好吗？"

望着大家那疑惑的眼神，小蜜蜂有些迟疑了。他们到底在想什么哪，小蜜蜂在心里嘀咕着。

"小蜜蜂，你看后面是谁。"少年很认真地看着小蜜蜂说道。

小蜜蜂一听这句话，就更加怀疑起来。"你没骗我，你说的是真的？"小蜜蜂问道。

少年回答道："你自己回头看看就知道啦。"

小蜜蜂半信半疑地回过头，当发现顽皮的少年是骗他时，很警觉地飞到了高空。

"还想骗我，门都没有呀……"小蜜蜂做了

gè guǐ liǎn qì tā men   yàng zǐ hěn gǎo xiào
个鬼脸气他们，样子很搞笑。

gè wèi shuài gē měi nǚ   xià miàn gēn zhe wǒ qù kàn kan dī tàn guǒ
"各位帅哥美女，下面跟着我去看看低碳果

yuán ba   xiǎo mì fēng shuō
园吧。"小蜜蜂说。

dà jiā yòu hé xiǎo mì fēng wán nào le yī huì er   jiù gēn zhe xiǎo mì
大家又和小蜜蜂玩闹了一会儿，就跟着小蜜

fēng lái dào dī tàn guǒ yuán
蜂来到低碳果园。

guàn gài jì jié shuǐ yòu gāo xiào   shuǐ zī yuán bù jǐn méi bèi làng
灌溉既节水又高效，水资源不仅没被浪

fèi   fǎn ér chéng le guǒ yuán de shēng mìng zhī yuán
费，反而成了果园的生命之源。

kàn dào qí tā xīn láo gōng zuò de mì fēng   xiǎo mì fēng yī yī de hé
看到其他辛劳工作的蜜蜂，小蜜蜂一一地和

tā men dǎ zhāo hū
他们打招呼。

guǒ yuán lǐ zì rán shǎo bù liǎo yǒu hěn duō shuǐ guǒ   xiān nèn yù
果园里自然少不了有很多水果，鲜嫩欲

dī
滴。

zì rán shì zuì zhēn shí de měi lì
自然是最真实的美丽。

tǔ rǎng lǐ shèn tòu chū ní tǔ de zhèn zhèn fāng xiāng
土壤里渗透出泥土的阵阵芳香。

zài wēi fēng zhōng yáo yè de huā er   yě hǎo xiàng zài wèi dī tàn
在微风中摇曳的花儿，也好像在为低碳

xuān chuán yuán hé dī tàn bǎi huā yuán ér jìn qíng gǔ zhǎng
宣传员和低碳百花园而尽情鼓掌。

XIAO MI FENG AO YOU DI TAN BAI HUA YUAN

"好啦,大家一路上也累啦,今天就到这了,大家先休息,明天开始我为大家示范正确的低碳生活方式。"小蜜蜂说。

大家跟着小蜜蜂去了住的地方。

月亮爬上天空时,少年还说着梦话

——小蜜蜂,讨厌!

xiǎo tiē shì
小 贴 士

guǒ yuán de zēng xiào jié néng
果 园 的 增 效 节 能

cǎo mù huī
1.草木灰

草木灰帮助果树抗旱,增强光合作用,使果树枝叶青绿,减少花果脱落,果实品质上佳。

yǎng chù qín
2.养畜禽

在果园内养殖适当数量的禽畜，达到种养互补的和谐效果。现已推广应用的有果园养鸡、猪、鹅、兔、龟等。这样做不仅可以提高果园中土壤的肥力，还能做到减少肥料投资的奇效。

3. 生草和覆草

土壤贫瘠、受天气和温度影响较大的果园适用于生草和覆草。

4. 矮秆作物

可以尝试着在幼龄果树间种牡丹、白芍、党参、桔梗、柴胡、黄芩、半夏等中药材，或夏季套种花生、绿豆、红小豆，秋季和早春套种白菜、胡萝卜、甘蓝和萝卜等。这样不但低碳，还能做到植物间营养的互补。

5. 调理剂

免深耕土壤调理剂是一种能够疏松土壤、提高土壤通透性、增强土壤肥水渗透力的生物化学制剂。施用免深耕土壤调理剂的果园，土质疏松、透气性好、肥水渗透力强，果树生长旺盛。免去了水资源的浪费，高效低碳，达到事半功倍的效果。

第二节 小蜜蜂节水示范

早上起来，大家吃早餐。

望着桌子上的泉水花蜜、大柿子、葡萄、土豆等等，大家都感觉低碳百花园处处低碳，连吃的饭食也是这么的低碳。

爱说梦话的少年从梦中醒来，说了句今天天气不错，我心情也挺好的，之后也迫不及待地奔向了餐桌，大吃特吃起来。

146

吃过早餐后，大家觉得要有事做才行，于是决定去找小蜜蜂。

几人找到小蜜蜂，问今天安排了哪些内容的活动。

"今天的活动是节水，活动由我来安排。"

小蜜蜂又说："咱们是低碳宣传员，应该每一位都做一次示范，你们说是不是啊？"

"是，每一位都要示范。"大家齐声喊道。

"我要为大家展示的就是我一天的节水生活，提醒大家不要被我夸张的节水方式吓倒哇。首先，刷牙用一个水杯接满水刷牙就可以，不要一直接水，那样就会浪费很多水的。嘴里喝一点水就行，不要一大口喝半杯，不仅样子吓人而且是浪费。"小蜜蜂说，"左刷刷，右刷刷。开心又低碳哟。"

接下来是洗脸，小蜜蜂亲自洗给大家看。

"洗脸，用脸盆洗而不要直接开着水龙头洗。大家知道如果水龙头一直开着会流走好多水，而如果你拿个脸盆，一盆水就够了。像美女这样永葆美丽，还可以把脸多停留在水中一会儿，让水去滋润皮肤。

"关键的关键就是一水多用才能省水啊。大体过程就是用淘米水、煮面水洗碗筷，既去油又节水；用洗菜水、洗衣水、洗碗水来浇花、洗车；洗脸水用了之后可以洗脚，然后冲厕所。"

小胖耐不住性子说道："那小蜜蜂，我衣服脏了，你给我洗洗，我要看看洗衣服怎么节水啊。"

"洗衣机原来设定的程序一般都是洗涤、漂

xǐ shuǐ zhǔ yào dōu yòng zài piǎo xǐ shàng shǎo yòng huò bù yòng xǐ yī
洗，水 主 要 都 用 在 漂 洗 上 。少 用 或 不 用 洗 衣
fěn jiù kě yǐ shěng shuǐ le xiǎo mì fēng shuō
粉，就 可 以 省 水 了。"小 蜜 蜂 说 。

zài xǐ yī fú shí xǐ yī jī de shuǐ wèi bú yào dìng gāo fǒu zé yī
"在 洗 衣 服 时 洗 衣 机 的 水 位 不 要 定 高，否 则 衣
wù zhī jiān quē shǎo mó cā xǐ bù gān jìng hái huì làng fèi shuǐ
物 之 间 缺 少 摩 擦，洗 不 干 净 还 会 浪 费 水 。"

nà shàng cè suǒ zěn me jié shuǐ a gāo gè zi wèn xiǎo
"那 上 厕 所 怎 么 节 水 啊？"高 个 子 问 小
mì fēng
蜜 蜂 。

méi děng xiǎo mì fēng huí dá ǎi gè zi jiù bǎ huà qiǎng liǎo
没 等 小 蜜 蜂 回 答，矮 个 子 就 把 话 抢 了
guò qù
过 去 。

gāo gè zi nǐ zhēn ě xīn shàng cè suǒ jiù zhèng cháng
"高 个 子 你 真 恶 心，上 厕 所 就 正 常
yòng bei
用 呗。"

hǎo la
"好 啦，
hǎo la nǐ men
好 啦，你 们
bú yòng chǎo
不 用 吵
la xiǎo mì fēng
啦。"小 蜜 蜂
shuō ruò jué
说 ，"若 觉

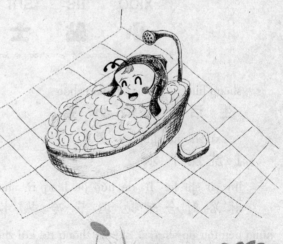
小蜜蜂洗澡

de cè suǒ de shuǐ xiāng guò dà   zài shuǐ xiāng lǐ fàng yī gè zhuāng mǎn
得厕所的水箱过大,在水箱里放一个装满

shuǐ de sù liào píng zi jiù xíng   zhè yàng kě yǐ yǒu xiào jiǎn shǎo chōng
水的塑料瓶子就行,这样可以有效减少冲

shuǐ liàng
水量。

zài bǐ rú shuō xǐ zǎo ba   xiān yòng pēn tóu cóng tóu dào jiǎo lín
"再比如说洗澡吧,先用喷头从头到脚淋

shī   zài quán shēn tú mǒ féi zào huò mù yù yè cuō xǐ   zuì hòu yī cì xìng
湿,再全身涂抹肥皂或沐浴液搓洗,最后一次性

chōng xǐ gān jìng   zhè yàng bú dàn huì xǐ de gèng gān jìng   hái huì
冲洗干净。这样不但会洗得更干净,还会

shěng hěn duō shuǐ de   wǒ jīn tiān xiān kāi gè hǎo tóu   gěi dà jiā zuò gè
省很多水的。我今天先开个好头,给大家做个

shì fàn   míng tiān jiù dào nǐ men la   jiā yóu a
示范,明天就到你们啦,加油啊!"

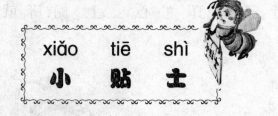

xiǎo   tiē   shì
小　贴　士

shēng huó jié shuǐ yǒu miào zhāo
生活节水有妙招

xǐ zǎo jié shuǐ
1. 洗澡节水

lín yù shí hé lǐ de tiáo jié lěng rè shuǐ bǐ lì   qiān wàn bú yào
淋浴时合理地调节冷热水比例,千万不要

jiāng pēn tóu de shuǐ zì shǐ zhì zhōng de kāi zhe   jìn kě néng xiān cóng tóu
将喷头的水自始至终地开着,尽可能先从头

dào jiǎo lín shī yī xià　quán shēn tú féi zào cuō xǐ　zuì hòu yī cì chōng
到 脚淋湿一下，全 身涂肥皂搓洗，最后一次 冲

xǐ gān jìng
洗干净。

　　xǐ zǎo shí yào zhuān xīn zhì zhì　zhuā jǐn shí jiān　bú yào yōu rán zì
　　洗澡时要 专 心致志，抓紧时间，不要悠然自

dé huò biān liáo biān xǐ　gèng bú yào zài yù shì lǐ hé hǎo péng yǒu dà dǎ
得或边聊边洗，更不要在浴室里和好朋友大打

shuǐ zhàng　shí jiān jiù shì shuǐ　shuǐ jiù shì shēng mìng　làng fèi shuǐ jiù
水 仗。时间就是水，水就是 生 命，浪费水就

shì làng fèi shēng mìng
是浪费生命！

　　cè suǒ jié shuǐ
2.厕所节水

　　ruò jué de cè suǒ de shuǐ xiāng xù shuǐ guò duō zào chéng làng fèi
　　若觉得厕所的水 箱 蓄水过多造 成 浪费，

kě zài shuǐ xiāng lǐ fàng yī gè zhuāng mǎn shuǐ de sù liào píng　yǐ jiǎn
可在水 箱里放一个 装 满水的塑料瓶，以减

shǎo měi yī cì de yòng shuǐ liàng
少每一次的用 水量。

　　cháng yòng shōu jí de jiā tíng fèi shuǐ chōng cè suǒ　kě yǐ yī shuǐ
　　常 用 收集的家庭废水 冲 厕所，可以一水

duō yòng bìng duō cì shǐ yòng　jié yuē qīng shuǐ
多 用 并多次使用，节约清水。

　　lā jī bú lùn dà xiǎo　cū xì　dōu yīng cóng lā jī tōng dào rēng
　　垃圾不论大小 、粗细，都应从垃圾通道扔

diào　ér bú yào cóng cè suǒ yòng shuǐ lái chōng
掉，而不要从厕所用 水来冲 。

　　xǐ yī jī jié shuǐ
3.洗衣机节水

xǐ yī jī xǐ yī wù　shěng lì yòu fāng biàn　dàn yě yǒu bù zú　jiù
洗衣机洗衣物，省力又方便，但也有不足，就
shì yòng shuǐ yào bǐ yòng shǒu gōng xǐ dà yuē duō fèi shuǐ wǔ fēn zhī sān
是用水要比用手工洗大约多费水五分之三。

sān jiàn yǐ shàng de yī wù yòng xǐ yī jī xǐ　xiǎo de yī liǎng jiàn
三件以上的衣物用洗衣机洗，小的一两件
de shǒu gōng xǐ　tè bié shì yào jiān chí xiān shuǎi jìng pào mò hòu piǎo
的手工洗，特别是要坚持先甩净泡沫后漂
xǐ　zhè yàng piǎo xǐ liǎng biàn yī wù yě jiù gān jìng le　zhè yàng huì
洗，这样漂洗两遍衣物也就干净了。这样会
jié yuē yòng shuǐ sān fēn zhī yī zuǒ yòu
节约用水三分之一左右。

yī shuǐ duō yòng
4.一水多用

xǐ liǎn shuǐ yòng hòu kě yǐ xǐ jiǎo　rán hòu chōng cè suǒ
洗脸水用后可以洗脚，然后冲厕所。

jiā zhōng zhǔn bèi yī gè shōu jí fèi shuǐ de dà shuǐ tǒng　zhè yàng
家中准备一个收集废水的大水桶，这样
jiù kě yǐ bǎo zhèng chōng cè suǒ xū yào de shuǐ
就可以保证冲厕所需要的水。

táo mǐ shuǐ　zhǔ miàn tiáo de shuǐ　yòng lái xǐ wǎn kuài　qù yóu
淘米水、煮面条的水，用来洗碗筷，去油
yòu jié shuǐ
又节水。

yǎng yú de shuǐ jiāo huā　néng cù jìn huā mù fán mào de shēng
养鱼的水浇花，能促进花木繁茂地生
zhǎng
长。

xǐ cān jù jié shuǐ
5.洗餐具节水

zài xǐ cān jù shí　zuì hǎo xiān yòng shǎo liàng de zhǐ bǎ cān jù
在 洗 餐 具 时 ，最 好 先 用 少 量 的 纸 把 餐 具

shàng de yóu wū cā yī biàn　zài yòng rè shuǐ huò wēn shuǐ xǐ yī biàn
上 的 油 污 擦 一 遍 ，再 用 热 水 或 温 水 洗 一 遍 ，

zuì hòu yòng jiào duō de shuǐ chōng xǐ gān jìng
最 后 用 较 多 的 水 冲 洗 干 净 。

jiàng wēn jié shuǐ
6. 降 温 节 水

yán rè de xià tiān　gěi wū zi lǐ wài dì miàn sǎ shuǐ jiàng wēn　jìn
炎 热 的 夏 天 ，给 屋 子 里 外 地 面 洒 水 降 温 ，尽

liàng bù xuǎn yòng qīng shuǐ　ér yòng xǐ yī zhī hòu de xǐ yī shuǐ
量 不 选 用 清 水 ，而 用 洗 衣 之 后 的 洗 衣 水 。

miào yòng xǐ yī shuǐ
7. 妙 用 洗 衣 水

dì yī dào qīng xǐ yī wù de xǐ yī shuǐ xǐ tuō bù　zài chōng cè
第 一 道 清 洗 衣 物 的 洗 衣 水 洗 拖 布 ，再 冲 厕

suǒ　dì èr dào qīng xǐ yī wù de xǐ yī shuǐ cā mén chuāng jí jiā jù
所 。第 二 道 清 洗 衣 物 的 洗 衣 水 擦 门 窗 及 家 具 、

xǐ xié wà děng
洗 鞋 袜 等 。

xiǎo wù pǐn jié shuǐ
8. 小 物 品 节 水

jiāo huā yí yòng táo mǐ shuǐ　chá shuǐ　xǐ yī shuǐ děng　xǐ dí
浇 花 宜 用 淘 米 水 、茶 水 、洗 衣 水 等 。洗 涤

shǒu jīn　guā guǒ děng　yí yòng pén zi chéng shuǐ ér bù yí kāi shuǐ lóng
手 巾 、瓜 果 等 ，宜 用 盆 子 盛 水 而 不 宜 开 水 龙

tóu fàng shuǐ chōng xǐ
头 放 水 冲 洗 。

bú lòu shuǐ jiù shì jié shuǐ
9. 不 漏 水 就 是 节 水

shǐ yòng de shuǐ lóng tóu shí jiān cháng huì chū xiàn lòu shuǐ de xiàn
使用的水龙头时间长会出现漏水的现

xiàng kě yòng zhuāng zhì xiàng jiāo diàn quān fàng jìn qù kě yǐ bǎo
象，可用装置橡胶垫圈放进去，可以保

zhèng dī shuǐ bú lòu
证滴水不漏。

xǐ chē
10.洗车

xuǎn zé yòng mā bù cā xǐ huì bǐ yòng shuǐ lóng tóu zhí jiē chōng xǐ
选择用抹布擦洗会比用水龙头直接冲洗

jié shuǐ hěn duō de ya
节水很多的呀。

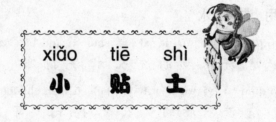

xiǎo tiē shì
小 贴 士

jié shuǐ tú jìng
节水途径

chéng shì yǔ gōng yè jié yuē yòng shuǐ jì shù
1.城市与工业节约用水技术

xún huán lěng què yòng shuǐ
2.循环冷却用水

xún xù yòng shuǐ
3.循序用水

wū shuǐ chǔ lǐ lì yòng
4.污水处理利用

jiàn zhù zhōng de shuǐ yuán
5.建筑中的水源

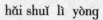

hǎi shuǐ lì yòng
6. 海 水 利 用

chéng qū yǔ shuǐ lì yòng
7. 城 区 雨 水 利 用

shēng chǎn gōng yì jié yuē yòng shuǐ
8. 生 产 工 艺 节 约 用 水

jié yuē yòng shuǐ qì jù shè bèi
9. 节 约 用 水 器 具 设 备

dì xià guǎn dào jiǎn lòu fáng lòu
10. 地 下 管 道 检 漏 防 漏

dì sān jié　shào nián jié diàn shì fàn
第 三 节　少 年 节 电 示 范

dà jiā huí dào zì jǐ de zhù chù　huí gù zì jǐ yī tiān de shōu huò
大 家 回 到 自 己 的 住 处 , 回 顾 自 己 一 天 的 收 获 。

shào nián gǎn chù hěn shēn　tā hé dà jiā tán le zì jǐ de xīn dé yǔ
少 年 感 触 很 深 , 他 和 大 家 谈 了 自 己 的 心 得 与

tǐ huì
体 会 。

dà jiā gǎn jué dào shào nián zhēn de zhǎng dà le　tā zài bú shì nà
大 家 感 觉 到 少 年 真 的 长 大 了 , 他 再 不 是 那

gè zhǐ gù zì jǐ　bù guǎn tā rén　bù lǐ shēn biān huán jìng de shào nián
个 只 顾 自 己 , 不 管 他 人 , 不 理 身 边 环 境 的 少 年

le
了 。

shào nián shuō　néng yǒu jī huì rèn shí xiǎo mì fēng　wǒ zhēn de
少 年 说 :" 能 有 机 会 认 识 小 蜜 蜂 , 我 真 的

hěn gāo xìng　tā de dī tàn sī xiǎng gào sù wǒ zài yě bú yào qù làng fèi
很 高 兴 , 他 的 低 碳 思 想 告 诉 我 再 也 不 要 去 浪 费

diàn làng fèi zì jǐ de shí jiān hé qīng chūn
电，浪费自己的时间和青春。"

zhǎng shēng xiǎng le zú zú yǒu yī fēn zhōng
掌声响了足足有一分钟。

shào nián de jīng cǎi biǎo xiàn ràng dà jiā wèi zhī zì háo
少年的精彩表现让大家为之自豪。

xiè xiè dà jiā de gǔ lì míng tiān yóu wǒ lái wèi dà jiā zhǎn shì wǒ
"谢谢大家的鼓励。明天由我来为大家展示我

shì zěn yàng jié diàn de shào nián shuō
是怎样节电的。"少年说。

dì èr tiān yóu shào nián shì fàn rú hé dī tàn jié diàn
第二天由少年示范如何低碳节电。

xiǎo mì fēng zǎo zǎo jiù lái hé dà jiā huì hé le
小蜜蜂早早就来和大家会合了。

dà jiā gēn wǒ lái ba shào nián huī shǒu zhāo hū dà jiā gēn tā
"大家跟我来吧。"少年挥手招呼大家跟他

zǒu lái dào yī jiān wū zi lǐ
走，来到一间屋子里。

wū zi lǐ de dēng diàn shì xǐ yī jī kōng tiáo děng dōu yǐn qǐ
屋子里的灯、电视、洗衣机、空调等都引起

le dà jiā de zhù yì
了大家的注意。

dà jiā yǒu zhuān xīn kàn dēng de yǒu guān chá diàn shì de yǒu bào
大家有专心看灯的，有观察电视的，有抱

zhe xǐ yī jī de zhēn shì bú yì lè hū
着洗衣机的，真是不亦乐乎。

shào nián shuō dào zhè wū zi lǐ de diàn qì dōu bèi nǐ men guān
少年说道："这屋子里的电器都被你们观

chá dào la nà me zěn yàng cái néng dī tàn jié diàn ne
察到啦，那么怎样才能低碳节电呢？"

bào zhe xǐ yī
抱着洗衣

jī de měi nǚ hái shì
机的美女还是

bú fàng shǒu
不放手。

měi nǚ duì shào
美女对少

nián shuō　　wǒ
年说："我

yǐ hòu yào zuò yī
以后要做一

少年

gè xián qī liáng mǔ　xǐ yī fú dāng rán bú zài huà xià la　hā hā
个贤妻良母,洗衣服当然不在话下啦,哈哈……"

shào nián yě bèi dòu de wú yǔ la
少年也被逗得无语啦。

dà jiā xiào chéng yī tuán
大家笑成一团。

chún jìng de tiān kōng piāo sǎ chéng yī piàn ràng rén shén wǎng de
纯净的天空飘洒成一片让人神往的

wèi lán
蔚蓝。

wèi lán shì yī tiáo shén mì de cǎi sè qū xiàn　yǒu zhǒng ràng rén bù
蔚蓝是一条神秘的彩色曲线,有种让人不

dǒng de tè bié
懂的特别。

nà dī tàn de shēng huó fāng shì bǎ wǒ men dōu kuài lè de gǎn rǎn
那低碳的生活方式把我们都快乐地感染。

gǎn rǎn kuài lè　kāi xīn　xǐ yuè　jiù xiàng tiān kōng　yóu bái yún
感染快乐、开心、喜悦,就像天空,由白云

157

XIAO MI FENG AO YOU DI TAN BAI HUA YUAN

朵朵到一片蔚蓝。

无限是低碳生活方式的普及目标。

惬意有时候只是片刻之间的事。

"好的，我要为大家示范我的低碳节电生活方式啦。"少年说。

"首先呢，我要为大家示范关于电灯的节电。电灯节电，首先要选好电灯，选节能灯应该是最好的啦。因为节能灯与普通的白炽灯相比可节省电75%左右呢，所以要尽量选用节能灯。另外节能灯具有寿命长和耗电少的特点，节能灯比普通的电灯泡耐用。低碳节能又耐用，节能灯就是首选啦。"

大家听了少年的话，感觉他说的还是蛮有道理的。

突然间，人们发现少年手中出现一个崭新的节能灯泡。

"我要把节能灯泡换个新的。"少年说。

小蜜蜂说："不用了啦，旧的还好用的话就不用换新的，低碳本身也要节约啊。"

"此话有理。"美女说道。

"既然是这样的话，我就为大家示范下一个，下一个是……"

少年说："小蜜蜂，你先告诉我们蜂后给我们的奖励到底是什么，否则我就不示范啦。"

"少年厉害啦，做一个低碳生活方式的示范还要威胁我一下，哈哈，真搞笑。"

小蜜蜂用十分渴望的眼神望着大家，问道："善良的低碳宣传员们，你们会同意他这么做吗？"

"同意你说出奖励到底是什么。"大家说。

"我就不告诉你们，就不……"小蜜蜂坚决地回答。

大家逗着小蜜蜂："你不告诉我们，我们就不宣传低碳啦。"

"那不行啊，你们得和我一起宣传啊。"小蜜蜂有些着急地说道，"我和你们讲啊，其实蜂后根本就没告诉我，给咱们的是什么奖励。"

高个子代表大家问小蜜蜂："真的吗，诚实的小蜜蜂真的没骗我们吗？"

小蜜蜂说："真的，真的，我以我最珍贵的翅膀保证！"

"好，那就信你一回。"高个子说。

屋子里已经很热了，少年打开了空调。他提醒大家把屋子所有的窗户都关上，以免室

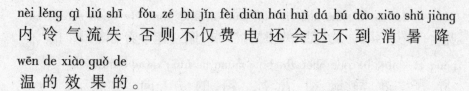

内冷气流失,否则不仅费电还会达不到消暑降温的效果的。

"空调不但夏天可以用,冬天也可以用。那么我给大家讲解一下一些家用电器如何低碳节能啊。根据我的理解给大家讲吧,可能不够全面,大家见谅啊。"少年说。

小蜜蜂在讲知识

"空调的电量消耗是非常大的,关好门窗,也不要把空调的温度调至最冷或最热.如果不是很闷热,使用电风扇防暑降温就行的。

"再有就是电冰箱啦,它就像会变魔术一样,变出冰激凌、冰镇汽水等等好多东西

呢。"少年说话的时候眼睛望着馋嘴的小

胖子，静静地朝着冰箱的方向走去。

可爱的小胖子一蹦一跳地跟着少年走，就
像哥哥和弟弟一样。

这一幕，也让小蜜蜂想起了他的弟弟小小
蜜蜂。

低碳让大家寻回了亲情。小蜜蜂、少年和
小胖子都很激动。

低碳生活方式带来了这么美妙的生活，
大家都很高兴。

"你们看看，冰箱里面的物品摆放不要太
密集，这样利于节能、保鲜。"

看大家听得很有兴趣，少年又走向了电
视机。"使用电视机时亮度最好不要太亮，稍
稍暗一些对视力也有保护作用。电视机音量尽

量小一些，还有不要频繁开关电视机，这将
耗费部分电能，养成关闭电视后拔掉电
源的好习惯。"

小胖子问道："那就是说，电视机不用时
就彻底地关掉电源吧？"

"是啊，小胖子，你说得太对啦。"少年和蔼
地对小胖子说。

天色不早了，鸟儿也回家啦。

"那好，今天就到这吧，少年展示得很好。"
小蜜蜂说。

小胖子、高个子、矮个子、胖子、瘦子、美女
一一和少年握手，对他的进步表示祝贺。

少年的节电示范就到这里啦。

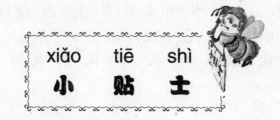

xiǎo tiē shì
小 贴 士

jiā tíng jié diàn xiǎo miào zhāo
家庭节电小妙招

diàn shì jī
1.电视机

shǐ yòng diàn shì jī shí liàng dù jiàng dī yīn liàng tiáo xiǎo diàn
使用电视机时，亮度降低，音量调小，电

shì jī shàng bú yào fù gài qí tā dōng xi
视机上不要覆盖其他东西。

gōng fàng jī
2.功放机

gōng fàng jī jié diàn fāng fǎ zhǔ yào shì jiàng dī yīn liàng wài jiē
功放机节电方法主要是降低音量，外接

yīn xiāng zǔ kàng bú yào guò yú xiǎo
音箱阻抗不要过于小。

diàn bīng xiāng
3.电冰箱

diàn bīng xiāng nèi wù pǐn bú yào bǎi fàng tài mǎn guò mì fǒu zé
电冰箱内物品不要摆放太满、过密，否则

huì zǔ ài lěng qì liú tōng zào chéng bīng xiāng bú zhì lěng huò shì zhì
会阻碍冷气流通，造成冰箱不制冷或是制

lěng bú chàng
冷不畅。

xǐ yī jī
4.洗衣机

suǒ yào xǐ de yī wù jìn liàng jí zhōng xǐ dí　xǐ yī jī de xǐ dí
所要洗的衣物尽量集中洗涤。洗衣机的洗涤

tǒng nèi suǒ xǐ yī wù yīng jiē jìn zuì dà xǐ yī liàng　jiǎn shǎo tóu fàng cì
筒内所洗衣物应接近最大洗衣量，减少投放次

shù　tí gāo gōng zuò xiào lǜ
数，提高工作效率。

diàn fàn guō
5．电饭锅

diàn fàn guō shì hěn hào diàn de jiā yòng diàn qì　tóng shí tā yě shì
电饭锅是很耗电的家用电器，同时它也是

gōng lǜ jiào dà de diàn chuī yòng jù
功率较大的电炊用具。

diàn yùn dǒu
6．电熨斗

jìn liàng jiāng yī wù jí zhōng yùn tàng　bìng gēn jù bù tóng de yī
尽量将衣物集中熨烫，并根据不同的衣

liào xuǎn zé xiāng duì yìng de wēn dù kòng zhì diǎn
料选择相对应的温度控制点。

diàn fēng shàn
7．电风扇

diàn fēng shàn diàn jī hào diàn liàng yǔ fù zài dà xiǎo jí diàn jī
电风扇电机耗电量与负载大小及电机

suǒ jiā diàn yā yuē chéng zhèng bǐ　diàn jī suǒ jiā de diàn yā yòu yǔ
所加电压约成正比，电机所加的电压又与

zhuàn sù chéng zhèng bǐ
转速成正比。

zhào míng dēng jù
8．照明灯具

jiā tíng shǐ yòng de zhào míng dēng jù　yīng jìn kě néng xuǎn yòng
家庭使用的照明灯具，应尽可能选用

gāo liàng dù　xiǎo gōng lǜ de jié néng dēng jù
高亮度、小功率的节能灯具。

shǒu diàn tǒng
9. 手电筒

shǒu diàn tǒng zhōng huàn xià lái de diàn chí kě yǐ fàng dào hào diàn
手电筒中换下来的电池可以放到耗电
liàng xiǎo de shōu yīn jī lǐ shǐ yòng　děng dào diàn chí bù néng zhèng
量小的收音机里使用，等到电池不能正
cháng shǐ yòng shí　hái kě yǐ zài bǎ tā men fàng dào hào diàn liàng gèng
常使用时，还可以再把它们放到耗电量更
xiǎo de diàn zǐ biǎo lǐ shǐ yòng
小的电子表里使用。

wēi bō lú
10. 微波炉

yòng wēi bō lú jiā gōng shí pǐn shí　zuì hǎo zài shí pǐn shàng jiā céng
用微波炉加工食品时，最好在食品上加层
wú dú sù liào mó huò gài shàng gài　　shǐ bèi jiā gōng shí pǐn shuǐ fèn bù
无毒塑料膜或盖上盖子，使被加工食品水分不
yì zhēng fā　shí pǐn wèi dào hǎo yòu shěng diàn
易蒸发，食品味道好又省电。

xī chén qì
11. 吸尘器

shǐ yòng xī chén qì shí gēn jù bù tóng qíng kuàng xuǎn zé shì dàng
使用吸尘器时根据不同情况选择适当
gōng lǜ
功率。

shuǐ hú
12. 水壶

wǒ men yīng shí cháng qù chú diàn shuǐ hú zhōng diàn rè guǎn de shuǐ
我们应时常去除电水壶中电热管的水

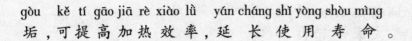

gòu kě tí gāo jiā rè xiào lù yán cháng shǐ yòng shòu mìng
垢，可提高加热效率，延长使用寿命。

dì sì jié   gāo gè zi jié yóu shì fàn
第四节 高个子节油示范

dà jiā jì gāo xìng yòu yǒu yā lì yīn wèi shào nián shì fàn guò hòu
大家既高兴又有压力，因为少年示范过后，
dà jiā yě yào fēn bié zhǎn shì la
大家也要分别展示啦。

ǎi gè zi shuō jiù zhè yàng zǒu lái zǒu qù méi yì sī tí yì kāi chē
矮个子说就这样走来走去没意思，提议开车
zì jià yóu gāo gè zi jué de zhè gè tí yì bú cuò
自驾游。高个子觉得这个提议不错。

nà jīn tiān jiù yóu wǒ lái gěi dà jiā shì fàn yī xià kāi chē dī tàn jié
"那今天就由我来给大家示范一下开车低碳节
yóu ba zán men yě kě yǐ bǎo lǎn zhe dī tàn bǎi huā yuán de liàng lì
油吧，咱们也可以饱览着低碳百花园的亮丽
fēng guāng duō
风 光 ，多
měi miào de yī jiàn
美 妙 的 一件
shì a   gāo gè
事啊。"高个
zi shuō
子说。

gāo gè zi jiè
高个子借
lái le qì chē dǎ
来了汽车，打

小蜜蜂和大家在交谈

167

算载着大家一起去游玩。

大家带上了自己所需的物品上了车。

每个人的爱好都是不同的。

上次美女抱住洗衣机说要做贤妻良母，这次她又爱上了做菜，她带的是低碳菜谱。

少年讲完节电以后，就迷上了手电筒，他说天黑时用得上的。

大家商量游玩时要做的游戏。

"对，只是看风景就不够好玩了，再做一些有趣的游戏就更好玩了。"美女说道。

小胖子说道："好啊，这个提议好，咱们做游戏。"

高个子又问小蜜蜂："小蜜蜂，咱们这低碳百花园，哪儿最好玩啊？"

"这个嘛，我想想啊，应该是梦幻山谷

ba　xiǎo mì fēng
吧。”小蜜蜂

shuō
说。

nà lǐ kāi
“那里开

chē zěn me zǒu
车 怎 么 走

a　　ǎi gè zi
啊？”矮个子

wèn xiǎo mì fēng
问 小 蜜 蜂。

zhī hòu xiǎo mì
之后 小 蜜

大家在“梦幻山谷”前合影

fēng jiù zuǒ yī bǐ huà　yòu yī huī shǒu　qián yī diǎn tóu　hòu yī pāi
蜂 就 左 一 比 划，右 一 挥 手，前 一 点 头，后 一 拍

chuāng de zhǐ zhe lù　dà jiā jiù zhè me gēn zhe xiǎo mì fēng dào le tā gěi
窗　地 指 着 路，大 家 就 这 么 跟 着 小 蜜 蜂 到 了 他 给

dà jiā tuī jiàn de mèng huàn shān gǔ
大 家 推 荐 的 梦 幻 山 谷。

mèng huàn shān gǔ hěn tè bié
梦 幻 山 谷 很 特 别。

mèng huàn shān gǔ yóu jǐ zuò shān fēng gòu chéng　qí jiān yǒu yī
梦 幻 山 谷 由 几 座 山 峰 构 成，其 间 有 一

tiáo hé jiào mèng hé　tā liú jīng le zhè jǐ zuò shān　shān de yán sè yī
条 河 叫 梦 河，它 流 经 了 这 几 座 山。山 的 颜 色 一

nián sì jì dōu shì wǔ yán liù sè de　hái néng wén dào yī zhèn yī zhèn de
年 四 季 都 是 五 颜 六 色 的，还 能 闻 到 一 阵 一 阵 的

qīng xiāng
清 香。

XIAO MI FENG AO YOU DI TAN BAI HUA YUAN

"自然界的低碳真是让人想象不到啊,不仅凉快,山都有香味,真让小女子佩服。"美女说。

而在这一路上,高个子又是怎样给汽车低碳省油的呢。

下面讲来给你听。

高个子先开动引擎让车热一热后才上路,这样会达到车子热身的良好效果。

这一路高个子平稳驾驶,避免急加速急刹车导致的高油耗高磨损。

只见高个子的手在频繁地移动,到什么速度就换成了什么挡。

"哈哈,高个子,你这频繁的换挡真挺麻利呢。"矮个子说。

出发前小蜜蜂就想好了线路,少走了好

duō wān lù yī lù shàng zǒu de mǎn shùn chàng de dào mèng huàn shān
多弯路，一路上走得满顺畅的，到梦幻山
gǔ shí dà jiā hái kuā gāo gè zi kāi chē jì shù hǎo bù jǐn shěng le yóu
谷时大家还夸高个子开车技术好，不仅省了油
ér qiě píng wěn
而且平稳。

dào le mèng huàn shān gǔ hòu dà jiā jiù zhǎo le yī gè shān míng
到了梦幻山谷后，大家就找了一个山明
shuǐ xiù de dì fāng zuò le xià lái
水秀的地方坐了下来。

xiǎo pàng zi shuō zán men xiān zuò yóu xì ba gāo gè zi
小胖子说：“咱们先做游戏吧，高个子。”

zuò shén me yóu xì nǐ men xiān tīng wǒ jiǎng jiǎng dī tàn jié yóu
“做什么游戏，你们先听我讲讲低碳节油
de miào zhāo zài zuò yóu xì ba xiàn zài shì wǒ de dī tàn jié yóu zhǎn
的妙招再做游戏吧。现在是我的低碳节油展
shì suǒ yǐ nǐ men yào tīng wǒ de zhī dào ma
示，所以你们要听我的，知道吗？”

zhī dào le dà jiā huí dá
“知道了。”大家回答。

nà wǒ jiǎn dān shuō le gāo gè zi shuō
“那我简单说了。”高个子说。

shǒu xiān jiù shì yào xiǎng hǎo zǒu de lù xiàn bú yào yīn wèi rào
“首先就是要想好走的路线，不要因为绕
wān lù ér shǐ qì chē hào yóu
弯路而使汽车耗油。

jiē zhe gěi qì chē yī xiǎo huì de yù rè shí jiān bú yào guò
“接着，给汽车一小会的预热时间，不要过
cháng guò cháng yě huì fèi yóu de
长，过长也会费油的。

"开车时什么速度换什么挡,不要一个速度走下来,要根据实际情况而定。

"好啦,我就说这些,咱们可以做游戏啦。"

大家点了点头,很同意高个子的观点。

天空突然下起了雨,大家一边体会着清爽舒适的天气,一边商量着做什么游戏。

有人说玩藏猫猫,有人说掰手腕,有人说比谁学动物叫声逼真,有人说立定跳远,还有人说捉鱼,有人说打水漂,有人说赛跑,最后也没有一个统一的意见。

小蜜蜂提议玩游戏

172

有人认为玩藏猫猫有危险性，如果藏丢了或者找丢了都不好办。

而掰手腕大家又觉得没意思，一分钟就能结束的游戏，太短啦，玩得不尽兴。

学动物叫就更有人反对啦，最反对的就是美女，她说这有损她的淑女形象。

立定跳远有人说不公平，有人腿长，有人个子不高。

对捉鱼这个游戏，有人提出后便得到其他人的一致反对。大家认为虽然低碳不反对吃鱼，但是大家实在是太爱护小鱼啦。

小蜜蜂他们要抓到破坏低碳的人。

抓贼游戏的规则是这样的：

游戏由法官一人、小贼一人、警察一人、若干平民组成。

游戏全程只有法官一人睁眼。

当法官喊天黑闭眼啦，小贼睁眼，其他人就要闭上眼睛。

此时小贼就会破坏一个人的低碳生活，那个人就会生病牺牲了。之后法官喊小贼闭眼，小贼闭上眼睛。

接下来，法官喊警察睁眼，寻找破坏低碳生活的小贼。警察可以用手指出他认为是小贼的人，但警察不能说话。法官会用手势告诉警察他鉴别的正误与否。之后喊警察请闭眼。

隔一会儿法官喊天亮啦，大家全都睁眼。法官说出被小贼破坏低碳生活而牺牲的那个人。

之后大家发表自己观点，说明自己不是小贼的理由和谁是小贼的原因。

大家互相
dà jiā hù xiāng

投票。有两
tóu piào　yǒu liǎng

种情况游
zhǒng qíng kuàng yóu

戏结束。
xì jié shù

第一种：
dì yī zhǒng

警察被小贼
jǐng chá bèi xiǎo zéi

害得牺牲了。
hài de xī shēng le

野外露营

第二种：破坏低碳生活的小贼被抓到，大
dì èr zhǒng　pò huài dī tàn shēng huó de xiǎo zéi bèi zhuā dào　dà

家胜利！
jiā shèng lì

低碳生活给大家带来了很多益处，就连这惬
dī tàn shēng huó gěi dà jiā dài lái le hěn duō yì chù　jiù lián zhè qiè

意的游戏也在为低碳快乐着。
yì de yóu xì yě zài wèi dī tàn kuài lè zhe

让彼此的生活更快乐，大家都低碳起来了。
ràng bǐ cǐ de shēng huó gèng kuài lè　dà jiā dōu dī tàn qǐ lái le

少开车、多走路，少吃肉、多种树，自然
shǎo kāi chē　duō zǒu lù　shǎo chī ròu　duō zhòng shù　zì rán

的生活更舒服。
de shēng huó gèng shū fú

游戏中小蜜蜂一直是法官，因为大家都认
yóu xì zhōng xiǎo mì fēng yī zhí shì fǎ guān　yīn wèi dà jiā dōu rèn

为小蜜蜂是低碳生活的榜样，他是最最公正的。

游戏进行了好几轮。

说也奇怪，每个人都当过破坏低碳生活的小贼，就像现实生活中他们也曾未进行低碳生活一样。

这天晚上大家就在野外露营了。

美女按照低碳菜谱做出了很多大家都很爱吃的低碳佳肴。

高个子还说出一句蛮经典的话："低碳让生活更美好，OK！"

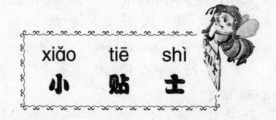

xiǎo tiē shì
小 贴 士

汽车的节油与保养

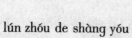

1.轮轴的上油

lún zhóu de shàng yóu

rú guǒ qì chē de lún zhóu quē yóu　mó cā shí suǒ shòu dào de zǔ lì
如果汽车的轮轴缺油，摩擦时所受到的阻力

jiù huì biàn dà　hào yóu liàng yě huì xiāng yìng de zēng jiā
就会变大，耗油量也会相应地增加。

2.轮胎的气压

lún tāi de qì yā

yào jīng cháng jiǎn chá lún tāi qì yā　lún tāi chōng qì bù zú huò guò
要经常检查轮胎气压，轮胎充气不足或过

dà dōu huì zēng jiā yóu hào
大都会增加油耗。

3.车轮的定位

chē lún de dìng wèi

chē lún de dìng wèi bú zhèng cháng de huà　jiù huì zào chéng lún tāi
车轮的定位不正常的话，就会造成轮胎

de fēi zhèng cháng mó sǔn　yě shì yóu hào zēng jiā de yī gè yuán yīn
的非正常磨损，也是油耗增加的一个原因。

4.滤芯的更换

lǜ xīn de gēng huàn

qì chē cháng shí jiān bù gēng huàn kōng qì lǜ xīn　jiù huì dǎo zhì
汽车长时间不更换空气滤芯，就会导致

lǜ xīn guò zāng　zhè yàng jiù huì yīn qì gāng jìn qì liàng jiǎn shǎo　dǎo
滤芯过脏，这样就会因气缸进气量减少，导

zhì hùn hé qì guò nóng　zào chéng hào yóu liàng zēng jiā　suǒ yǐ yào
致混合气过浓，造成耗油量增加，所以要

cháng cháng gēng huàn lǜ xīn
常常更换滤芯。

5.发动机点火系统

fā dòng jī diǎn huǒ xì tǒng

fā dòng jī diǎn huǒ xì tǒng gōng zuò bú zhèng cháng   shǐ fā dòng
发 动 机 点 火 系 统 工 作 不 正 常 ，使 发 动

jī gōng lǜ jiǎn dī   hào yóu liàng dà liàng zēng jiā
机 功 率 减 低 ，耗 油 量 大 量 增 加。

yán jìn luàn gǎi zhuāng
6. 严 禁 乱 改 装

chē liàng zuì hǎo bú yào luàn gǎi zhuāng   bù jǐn shěng bù liǎo yóu fǎn
车 辆 最 好 不 要 乱 改 装 ，不 仅 省 不 了 油 反

ér huì huā fèi hěn duō qián
而 会 花 费 很 多 钱。

dì wǔ jié   ǎi gè zi jié qì shì fàn
第 五 节   矮 个 子 节 气 示 范

gāo gè zi de huà bǎ dà jiā dōu zhèn hàn le
高 个 子 的 话 把 大 家 都 震 撼 了。

dī tàn shēng huó dí què duì dà jiā dōu tài zhòng yào la
低 碳 生 活 的 确 对 大 家 都 太 重 要 啦。

zhèng shì yóu yú xiǎo
正 是 由 于 小

mì fēng de jī jí xuān
蜜 蜂 的 积 极 宣

chuán   dà jiā cái zhǎng
传 ，大 家 才 掌

wò le zhèng què de dī tàn
握 了 正 确 的 低 碳

shēng huó fāng shì
生 活 方 式。

ǎi gè zi yě bèi gǎn
矮 个 子 也 被 感

锅里冒着蒸汽，矮个子围在锅边

dòng le
动了。

xiǎo mì fēng　zuò wéi dī tàn xuān chuán yuán　nǐ yě gěi wǒ yī gè
"小蜜蜂，作为低碳宣传员，你也给我一个
jī huì　xiàn zài jiù yóu wǒ lái wèi dà jiā shì fàn jié qì　jiù shì jié yuē méi
机会，现在就由我来为大家示范节气，就是节约煤
qì　jié yuē zī yuán cái néng dī tàn ma
气，节约资源才能低碳嘛。"

ǎi gè zi ná chū le xū yào shǐ yòng de qì jù
矮个子拿出了需要使用的器具。

jì rán shì zhǔ dōng xi gěi dà jiā chī　nà wǒ jiù bú kè qì le　zuì
"既然是煮东西给大家吃，那我就不客气了，最
jìn wǒ gēn xiǎo mì fēng xué le jǐ zhāo zuò cài de shǒu yì　nǐ men bù zhī
近我跟小蜜蜂学了几招做菜的手艺，你们不知
dào ba　xiǎo mì fēng shì dà chú shī ne
道吧，小蜜蜂是大厨师呢。"

ǎi gè zi shuō　jīn wǎn dà jiā jiù děng zhe chī xiǎo mì fēng jiāo
矮个子说："今晚大家就等着吃小蜜蜂教
gěi wǒ ǎi gè zi de dī tàn dà cān ba　hā hā hā
给我矮个子的低碳大餐吧，哈哈哈……"

xiǎo mì fēng ràng dà jiā zhǎo dào le zài dī tàn shēng huó zhōng de lè
小蜜蜂让大家找到了在低碳生活中的乐
qù suǒ zài
趣所在。

dī tàn de shēng huó　gěi nǐ gèng duō
低碳的生活，给你更多！

yǒu yì shí de qù ài hù shēng huó　zì rán de shēng huó yě huì gěi
有意识地去爱护生活，自然地生活也会给
nǐ yī fèn qiè yì
你一份惬意。

在 生 活 中 加 入 低 碳， 让 生 活 变 得 更
清 新。

矮 个 子 在 清 澈 的 梦 河 里 洗 着 餐 具，嘴 里 还 哼
着 歌。

水 的 清 澈 让 矮 个 子 动 作 越 来 越 畅 快，不
一 会 儿 又 洗 上 了 菜。

矮 个 子 开 始 做 饭 菜 了。小 蜜 蜂 飞 过 一 看，吓 了
一 跳。

"矮 个 子，这 就 是 我 向 你 介 绍 的 菜 品 啊？"小
蜜 蜂 问 矮 个 子。

"怎 么 啦？你 放 心，我 做 的 一 定 低 碳。"矮 个
子 说 。

矮 个 子 把 菜 蒸 好 时，大 家 也 吓 了 一 跳。

低 碳 是 低 碳 了，但 是 食 物 却 太 清 淡 啦。

可 是 大 家 却 吃 得 很 幸 福 开 心。

dì sān zhāng
第 三 章

dī tàn bǎi huā yuán
低 碳 百 花 园

jiàn kāng kuài lè　　xìng fú wú xiàn
健 康 快 乐　 幸 福 无 限

dì yī jié　　cān guān fēng hòu dī tàn zhuāng yuán
第一节　参 观 蜂 后 低 碳 庄 园

shēng huó zhōng de xì jié yǐng xiǎng bìng guān hū zhe shēng huó
生 活 中 的 细 节 影 响 并 关 乎 着 生 活

zhì liàng
质 量 。

xiǎo mì fēng de dī tàn xuān chuán zhī lǚ yǒu yī zhǒng tè bié de yì
小 蜜 蜂 的 低 碳 宣 传 之 旅 有 一 种 特 别 的 意

yì　zài xiǎo mì fēng de yǐng xiǎng zhī xià　dà jiā dōu kāi shǐ cóng zì shēn
义。在 小 蜜 蜂 的 影 响 之 下 ,大 家 都 开 始 从 自 身

zuò qǐ　zuò lì suǒ néng jí de shì
做 起 ,做 力 所 能 及 的 事 。

zài dà jiā dōu zuò le dī tàn shēng huó fāng shì de shì fàn hé zhǎn shì
在 大 家 都 做 了 低 碳 生 活 方 式 的 示 范 和 展 示

yǐ hòu　yī zhǒng lí bié zhī yì biàn mí màn zài dī tàn xuān chuán yuán
以 后 , 一 种 离 别 之 意 便 弥 漫 在 低 碳 宣 传 员

181

de zhōu wéi
的 周围。

wú lùn shì ài shuō ài xiào de shào nián　hái shì kě ài wán pí de
无论是爱说爱笑的少年，还是可爱顽皮的

xiǎo pàng zi
小胖子。

wú lùn shì gè zi gāo tiǎo de gāo gè zi　hái shì yǐ zhì huì jiàn cháng
无论是个子高挑的高个子，还是以智慧见 长

de ǎi gè zi
的矮个子。

wú lùn shì shēn cái ràng rén xiàn mù de shòu zi　hái shì liǎn shàng
无论是身材让人羡慕的瘦子，还是脸 上

cháng cháng guà zhe xiào róng de pàng zi
常 常挂着笑容的胖子。

fēng zī chuò yuē de měi nǚ　shí ér yě lí huā dài yǔ
风姿绰约的美女，时而也梨花带雨。

tián dì de zhuāng jià　chéng xiàn jīn càn càn lǜ yóu yóu de wàng shèng
田地的 庄 稼，呈 现金灿灿绿油油的旺 盛

shēng mìng jǐng xiàng
生 命景 象。

lián mián de shān
连绵的山

fēng　chóng chóng dié
峰，重 重叠

dié fǎn fù zhī zhōng
叠反复之中

zhǎn xiàn qīng miào hé
展现轻妙和

diǎn yǎ
典雅。

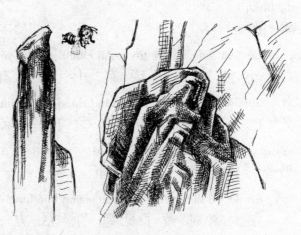

山脉连绵不绝

píng shí shí fēn huó yuè de xiǎo mì fēng xiàn zài yě hěn chén mò   qì
平时十分活跃的小蜜蜂现在也很沉默，气

fēn zhōng tòu lòu chū yī zhǒng bù shě
氛中透漏出一种不舍。

jiù zhè yàng chén mò de zǒu le yī huì er   shào nián yǒu xiē nài bú
就这样沉默地走了一会儿，少年有些耐不

zhù xìng zi le
住性子了。

nǐ men dōu bú yào zhè me chén mò a   wǒ zuò le yī shǒu xiǎo
"你们都不要这么沉默啊，我做了一首小

shī   dú lái gěi dà jiā tīng tīng
诗，读来给大家听听：

diàn zǐ yóu xì de shēng yīn zài nǎo zhōng fēi xíng
"电子游戏的声音在脑中飞行，

wǒ sì hū shì zhōng yú lǐng wù dào le dī tàn de zhòng yào xìng
"我似乎是终于领悟到了低碳的重要性，

xìng kuī a   xìng kuī a
"幸亏啊，幸亏啊，

wǒ nà tiān jiàn dào le xiǎo mì fēng
"我那天见到了小蜜蜂，

tā de wēi xiào ràng wǒ zài jì mò de pí bèi zhōng sū xǐng
"他的微笑让我在寂寞的疲惫中苏醒，

wǒ zài bēn pǎo
"我在奔跑，

xiǎo mì fēng zài zhǐ yǐn
"小蜜蜂在指引，

yī duàn yī duàn měi miào de dī tàn lǚ xíng
"一段一段美妙的低碳旅行。"

shào nián chuàng zuò de zhè shǒu shī ràng dà jiā yǒu le yī xiē biǎo dá
少年创作的这首诗让大家有了一些表达

183

的 冲 动。

美女盯着少年说道:"诗还行,可是就像每一个人一样,每一首诗歌都拥有它的生命,你要给这首诗取个名才行。"

"是哦,少年哥哥,诗要有名字,才能让别人都记住啊。"小胖子的话让人觉得是要给诗起一个名字。

那就取诗歌结尾的话作为诗歌的名字吧。

"好的,我想出来啦,就叫低碳旅行。"

诗要对题,

文要达意。

低碳是我们

在全球因二氧

化碳等温室气

体过度排放而

少年朗诵诗歌

184

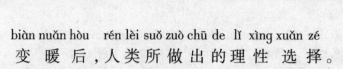

变暖后,人类所做出的理性选择。

近年来,一年温度比一年高,夏天变得更加炎热,而那本应该冰封万里的冬日雪景也被暖冬所取代。

不抓紧时间行动是不行的,节电、节水、节气等等都是我们在日常生活中就可以做到的。

所以无论是小朋友还是成年人都要充分认识到低碳的重要性。

蜂后在大家欣赏少年诗歌的时候,就悄悄地来到了低碳宣传员们的身后。

"孩子们,你们在低碳百花园的旅行还没结束哪,下面请跟我来。"蜂后对大家说。

小蜜蜂问蜂后:"蜂后,我们要跟您去哪里啊?"

XIAO MI FENG AO YOU DI TAN BAI HUA YUAN

fēng hòu huí dá dào　zán men qù dī tàn zhuāng yuán
蜂后回答道："咱们去低碳庄园。"

zài dī tàn bǎi huā yuán lǐ　měi yī gè jiā tíng dōu huì fēn yǒu yī
在低碳百花园里，每一个家庭都会分有一

piàn miàn jī bú shì hěn dà de zhuāng yuán　yòng lái zhòng yī xiē shū cài
片面积不是很大的庄园，用来种一些蔬菜

huā cǎo zhī lèi de dōng xi
花草之类的东西。

dī tàn zhuāng yuán lǐ
低碳庄园里

de shū cài dōu shì bù shī jiā
的蔬菜都是不施加

huà féi de　shǐ yòng de shì
化肥的，使用的是

tiān rán de fèn féi
天然的粪肥。

jū mín men hái huì zài
居民们还会在

小蜜蜂向蜂后提问题

zhuāng yuán lǐ zhòng shàng yī xiē huā cǎo　bù jǐn méi yǒu chéng shì zhōng
庄园里种上一些花草，不仅没有城市中

yīn lā jī chǔ lǐ wèn tí ér zào chéng de huán jìng wū rǎn　yě bú huì yǒu
因垃圾处理问题而造成的环境污染，也不会有

hún zhuó de kōng qì
浑浊的空气。

fēng hòu yí tài dà fāng de gěi dī tàn xuān chuán yuán men zuò jiè
蜂后仪态大方地给低碳宣传员们做介

shào　wǒ men píng shí zài jiā lǐ shēng huó yě shì bú yòng tiān rán qì
绍："我们平时在家里生活也是不用天燃气

de　yīn wèi wǒ men shǐ yòng de shì zhǎo qì
的，因为我们使用的是沼气。"

186

蜂后带领大家向低碳庄园走去，让低碳宣传员们都亲眼看看，自然清新的低碳生活是什么模样。

低碳庄园居民不是住楼房的，都居住在平房里。

低碳庄园里的住房，是采用特殊的材料，加上别具匠心的设计工艺建造而成的。

低碳庄园里的住房不像以往的楼房那样闷热，密不透风，而是四季温度适宜，采光和通风都很好。

一路上，蜂后不知疲倦地给包括小蜜蜂在内的8位低碳宣传员介绍低碳庄园。

过了一个小转弯路口后，就来到了蜂后的低碳庄园。

低碳宣传员们打量着蜂后的低碳

zhuāng yuán
庄　园。

yuàn zi bú dà　kě shì hěn zhěng jié a　　gāo gè zi píng jiè zhe
"院子不大，可是很　整　洁啊。"高个子凭借着

shēn gāo yōu shì jiāng dī tàn zhuāng yuán de wài bù lún kuò yī lǎn wú yú
身高优势将低碳　庄　园的外部轮廓一览无余。

zhī dào ma　dī tàn shēng huó fāng shì yě bāo kuò bú luàn diū dōng
"知道吗？低碳　生　活方式也包括不乱丢东

xi　gān jìng zhěng jié de huán jìng zài yú píng shí shēng huó zhōng de bǎo
西，干净整洁的环　境在于平时生活中的保

chí bǐ rú lā jī jiù yào rēng dào zhǐ dìng de dì diǎn　fēng hòu shuō
持。比如垃圾就要扔到指定的地点。"蜂后说。

xiǎo pàng zi zài mén kǒu tíng xià zhāi le yī piàn shù yè
小胖子在门口停下摘了一片树叶。

shòu zi pāi pāi tā　shuō dào　xiǎo hái zi　bù néng zhāi shù yè
瘦子拍拍他，说道："小孩子，不能摘树叶

a　shù mù néng xī shōu dà liàng de èr yǎng huà tàn　duì wēn shì xiào
啊。树木能吸收大量的二氧化碳，对温室效

yìng yǒu yī dìng de huǎn
应有一定的缓

jiě zuò yòng ne　　kàn
解作用呢。"看

dào xiǎo pàng zi diǎn
到小胖子点

diǎn tóu　shòu zi yě
点头，瘦子也

gāo xìng de duì tā xiào
高兴地对他笑

le xiào
了笑。

小胖子手里拿着一片树叶

低碳宣传员们依次跟着蜂后进到庭院里，围着一根由老树根组成的桌子前坐了下来。

蜂后拍拍桌子，眼神盯着小蜜蜂。

"小蜜蜂，你来讲一下这个老树根的故事吧。"蜂后对小蜜蜂说。

小蜜蜂的记忆力特别好，一个地方去过一次他就能准确无误地记住，对于故事也是同样。

"那是在很久以前的事了。老树当时年龄已经很大了，因为要建造一座工厂，老树正好在工厂要建造的位置上，老树挡住了工厂的位置，所以工厂要砍掉老树。当时有很多人是很反对砍掉这棵已经生长多年的老树的，一些环保人士还组成了环保联盟，来保护这棵老树，不让工厂砍掉它。

"可是最终这棵老树还是被砍掉了，于是人

们趁着工厂厂房还没盖之前，把老树的根挖走了，希望移栽到其他地方后老树能够重新复活。一天一天过去了，总是有人来给老树浇水，人们精心地呵护着老树。

"开始的时候人们还都抱以很大的希望，希望老树可以恢复生机。可是现实状况让关心老树的人们都有些失望了，因为好长时间过去了，老树依然是原来的模样。

"后来蜜蜂们的低碳百花园在这里发展得越来越大，蜜蜂和人们一起去照顾这棵老树。神奇的事情发生了，老树又重新地活了过来。于是，老树就成了桌子，大家也常来照顾它，低碳的生活就来到了我们身边。这个故事告诉我们，树木作为绿色植物可以很好地吸收二氧化碳，我们要去爱护它们。"

"下面，再请小蜜蜂为我们讲一讲低碳庄园所广泛使用的沼气吧。"蜂后看着大家说道。

小蜜蜂接着说道："所谓沼气，常规地来说就是沼泽里的一种气体。

"在沼泽地、污水沟或粪池这些地方，人们经常发现会有气泡冒出来，如果我们划着火柴，这些气泡就会燃烧。这就是大自然中的沼气。

"沼气是各种的有机物质，在适宜的湿度、温度并且是隔绝空气的条件下，经过微生物的发酵作用产生的一种可燃烧气体。

"小伙伴们，你们知道吗？在20世纪70年代初，我国农村为解决燃料供应不能满足使用的问题就开始使用沼气了。

沼气池

zhǎo qì de
"沼气的

zuò yòng kě dà
作用可大

zhe ne　tā bù jǐn
着呢，它不仅

néng zuò fàn　hái
能做饭，还

kě yǐ yòng lái
可以用来

zhào míng hé qǔ nuǎn ne
照明和取暖呢。

dī tàn bǎi huā yuán lǐ　wǒ men jiā jiù jīng cháng zhè me zuò　jiā
"低碳百花园里，我们家就经常这么做，家

lǐ míng liàng de dēng pào dōu shì yòng zhǎo qì lái zuò wéi néng yuán gōng
里明亮的灯泡都是用沼气来作为能源供

yìng de
应的。

zhǎo qì néng shǐ diàn dēng fā guāng　shuō míng zhè zhǎo qì yě shì
"沼气能使电灯发光，说明这沼气也是

kě yǐ fā diàn de ne
可以发电的呢。

zài yī xiē fā dá guó jiā　kě yǐ yòng lái fā diàn de zhǎo qì zǎo jiù
"在一些发达国家，可以用来发电的沼气早就

shòu dào le guǎng fàn zhòng shì hé jī jí tuī guǎng
受到了广泛重视和积极推广。

tóng yàng　wǒ guó zhǎo qì fā diàn yě yǒu yuē　nián de lì shǐ le
"同样，我国沼气发电也有约30年的历史了。

wǒ guó yǒu xiē nóng cūn piān yuǎn dì qū　jiù bǐ jiào quē fá xiàng
"我国有些农村偏远地区，就比较缺乏像

天然气和电力这种能源，生活生产用能源还是比较紧张的。

"所以为了解决这一情况，把沼气作为新能源就是解决能源短缺问题一个很好的选择。

"本来需要扔掉的人畜排泄物和杂物等一类东西，通过沼气，就可以变废为宝了。

"通过一些简单的填埋、发酵等并不复杂的工序，沼气就可以来为人们服务。

"使用沼气，既能很好地保护环境，还能为人们提供充足的能源，可谓是一举两得啊。"

"对啊，对啊，这样还使得我们的生活丰富了起来。不再是闲下来的时候觉得无事可做，忙的时候还一个劲地想休息。"听得仔细的瘦子说道。

锁眉沉思的美女也发话了："我想也是，低碳节能能够让人们的生活更加健康，每天都充实起来。"

低碳宣传员滔滔不绝地交流着，简直就是一群小鸟，叽叽喳喳的。

发展沼气的好处还是挺多的。

随着全球能源日益紧张，节约资源已经是必然的选择了。

而且作为可再生清洁能源的沼气，去发酵沼气只需要很少的资金就可以办到的。

听小蜜蜂说着沼气的优点，对事物充满好奇的小胖子就开始发问了："哦，那这么棒的事情，是不是我家也能办到啊？"

小蜜蜂迟疑了一会儿说："不行，因为你家住在市区里，没有那么大的地方啊。"

"那都需要什么条件，给我们讲讲。"矮个子用手摸了摸自己的头发说道。

小蜜蜂很乐意地给大家讲解："首先，就像刚才小胖子问的一样，必须要有足够的地方才行。仅仅只有足够的空间也是不够的，还要有那些刚才说过的原料才行，如人畜排泄物和一些柴草等。这两个条件都具备也是不够的，我们还要投入一笔钱来建设发酵沼气池。使用沼气对我们生活中的好处多多。比如在低碳百花园里，通过使用沼气几乎就不怎么产生垃圾了。如果使用能源的话，就会有很大的能源负担和污染环境的可能啊。"

说了好长时间，大家也都有些口渴了。

蜂后拿来了事先就为大家准备好的泉水花蜜，低碳宣传员们将这美妙的花蜜一饮

XIAO MI FENG AO YOU DI TAN BAI HUA YUAN

ér jìn
而尽。

xiǎo mì fēng suǒ zài de
小蜜蜂所在的

dī tàn bǎi huā yuán shì yī gè
低碳百花园是一个

hěn jiǎng jiū kē xué shēng huó
很讲究科学生活

de dì fāng　jiù bǐ rú yǔ shuǐ
的地方，就比如雨水

大白菜在土地中茁壮成长

shōu jí　wú féi shū cài　zhè xiē dōu shì jí zhōng le dà jiā zhì huì de
收集、无肥蔬菜，这些都是集中了大家智慧的。

tiān sè wǎn xiē de shí hòu　xiǎo mì fēng hé xiǎo huǒ bàn men wán qǐ
天色晚些的时候，小蜜蜂和小伙伴们玩起

zhuō mí cáng
捉迷藏。

zài dī tàn shēng huó zhōng　rén men tǐ huì zhe qiè yì hé měi hǎo de
在低碳生活中，人们体会着惬意和美好的

bié yàng zī wèi
别样滋味。

xiǎo tiē shì
小贴士

xiū jiàn zhǎo qì chí de bì bèi tiáo jiàn
修建沼气池的必备条件

fā jiào yuán liào
1.发酵原料

zhǎo qì fā jiào yī bān yǐ rén chù pái xiè wù huò dào cǎo wéi yuán
沼 气 发 酵 一 般 以 人 畜 排 泄 物 或 稻 草 为 原

liào yōng yǒu zú gòu de yuán liào cái néng bǎo zhèng fā jiào shùn lì wán
料 ， 拥 有 足 够 的 原 料 才 能 保 证 发 酵 顺 利 完

chéng
成 。

xuǎn zhǐ wā jué
2．选 址 挖 掘

yào xuǎn zé tōng fēng hǎo bù yǐng xiǎng zhèng cháng shēng chǎn
要 选 择 通 风 好 ，不 影 响 正 常 生 产

shēng huó de dì fāng
生 活 的 地 方 。

zhǔn bèi cái liào
3．准 备 材 料

jiàn yī gè zhǎo qì chí wā jué qián yào zhǔn bèi yī xiē shuǐ ní shā
建 一 个 沼 气 池 ，挖 掘 前 要 准 备 一 些 水 泥 、沙

zi suì shí hóng zhuān gāng jīn děng jiàn shè zhǎo qì chí de bì bèi cái
子 、碎 石 、红 砖 、钢 筋 等 建 设 沼 气 池 的 必 备 材

liào
料 。

chóu cuò zī jīn
4．筹 措 资 金

rú guǒ dǎ suàn jiàn shè fā jiào zhǎo qì chí tí qián zuò hǎo zī jīn
如 果 打 算 建 设 发 酵 沼 气 池 ，提 前 做 好 资 金

chóu cuò gōng zuò shì zhòng yào de chōng zú de zī jīn shì wán chéng zhǎo
筹 措 工 作 是 重 要 的 ， 充 足 的 资 金 是 完 成 沼

qì chí jiàn shè de xiàn shí bǎo zhàng
气 池 建 设 的 现 实 保 障 。

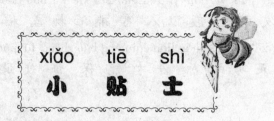

xiǎo tiē shì
小 贴 士

zhǎo qì chí shǐ yòng zhù yì shì xiàng
沼 气 池 使 用 注 意 事 项

jìn zhǐ fàng rù
1. 禁 止 放 入

gāng xiāo guò dú　yǒu nóng yào cán liú de wù pǐn　xǐ yī fěn shuǐ
刚 消 过 毒、有 农 药 残 留 的 物 品,洗 衣 粉 水 、

huà féi děng qiān wàn bù néng fàng rù zhǎo qì chí　yǐ miǎn jiāng zhǎo qì
化 肥 等 千 万 不 能 放 入 沼 气 池,以 免 将 沼 气

chí hùn rù yǒu dú yǒu hài wù zhì
池 混 入 有 毒 有 害 物 质。

shì yā qīng xǐ
2. 试 压 清 洗

zhǎo qì chí jiàn hǎo hòu yīng xiān yòng shuǐ shì yā　rán hòu zài yòng
沼 气 池 建 好 后 应 先 用 水 试 压,然 后 再 用

shuǐ qīng xǐ yī fān
水 清 洗 一 番。

gé rì jiā liào
3. 隔 日 加 料

zhèng cháng chǎn qì hòu de zhǎo qì chí　yīng měi gé jǐ rì jiù tiān
正 常 产 气 后 的 沼 气 池,应 每 隔 几 日 就 添

jiā yī xiē xīn liào
加 一 些 新 料。

dì èr jié   xiǎo mì fēng yī jiā xiāng jù
第二节　小蜜蜂一家相聚

zì cóng xiǎo mì fēng zuò dī tàn xuān chuán yuán wài chū diào chá yǐ
　自从小蜜蜂做低碳宣传员外出调查以
lái   jiù hái méi yǒu huí guò jiā
来,就还没有回过家。

xiǎo mì fēng shí fēn diàn jì dì di xiǎo xiǎo mì fēng   yīn wèi dì di
　小蜜蜂十分惦记弟弟小小蜜蜂,因为弟弟
bìng dǎo le hěn ràng tā dān xīn   tóng shí yě gèng jiā jiān dìng le xún zhǎo
病倒了很让他担心,同时也更加坚定了寻找
quán qiú biàn nuǎn yuán yīn   zuò dī tàn xuān chuán yuán de jué xīn
全球变暖原因、做低碳宣传员的决心。

zài jīng guò xǔ duō bō zhé zhī hòu   xiǎo mì fēng zhōng yú míng bái shì
　在经过许多波折之后,小蜜蜂终于明白是
xí guàn hé yù wàng shǐ de rén men bù tíng de pò huài huán jìng   zēng jiā
习惯和欲望使得人们不停地破坏环境,增加
èr yǎng huà tàn pái fàng   shǐ de quán qiú biàn nuǎn
二氧化碳排放,使得全球变暖。

miàn duì zhè yàng de kùn jìng   zuì zuì jiǎn dān shí yòng de jiě jué
　面对这样的困境,最最简单实用的解决
fāng fǎ jiù yào shǔ dī tàn le   suǒ wèi dī tàn zhǔ yào yě shì zhǐ dī tàn de
方法就要数低碳了,所谓低碳主要也是指低碳的
shēng huó fāng shì
生活方式。

zhuàn le zhè me yī dà quān   xiǎo mì fēng yòu huí dào le zuì chū de
　转了这么一大圈,小蜜蜂又回到了最初的
dì fāng
地方。

199

XIAO MI FENG AO YOU DI TAN BAI HUA YUAN

小蜜蜂和弟弟团聚

bù tóng de
不 同 的
shì xiàn zài de
是 ，现 在 的
xiǎo mì fēng jīng lì
小 蜜 蜂 经 历
le zhè me duō
了 这 么 多 ，
xiǎn de gèng jiā
显 得 更 加
chéng shú le
成 熟 了 。

kàn zhe yuǎn chù de rén xiǎo mì fēng gǎn jué hěn shú xī nà bú
看着远处的人，小蜜蜂感觉很熟悉。"那不
jiù shì dì di xiǎo xiǎo mì fēng ma xiǎo mì fēng zì yán zì yǔ dào
就是弟弟小小蜜蜂吗？"小蜜蜂自言自语道。

méi děng xiǎo mì fēng hǎn dì di xiǎo xiǎo mì fēng yǐ jīng dà
没等小蜜蜂喊"弟弟"，小小蜜蜂已经大
shēng hū hǎn qǐ lái gē ge gē ge gē ge
声呼喊起来："哥哥！哥哥！哥哥！"

kě néng shì tài jiǔ méi jiàn de yuán gù xiōng dì liǎ jǐn jǐn de yōng
可能是太久没见的缘故，兄弟俩紧紧地拥
bào zài yī qǐ jiǔ jiǔ bú yuàn sōng kāi
抱在一起，久久不愿松开。

xiǎo mì fēng máng wèn xiǎo xiǎo mì fēng shēn tǐ huī fù de zěn me
小蜜蜂忙问小小蜜蜂身体恢复得怎么
yàng le zhè yī zhèn zi dōu zuò le xiē shén me
样了，这一阵子都做了些什么。

tīng dào zhè xiē huà hòu xiǎo xiǎo mì fēng hěn shì gǎn dòng
听到这些话后，小小蜜蜂很是感动。

小小蜜蜂说自己的身体已经恢复得很好啦，只是蜂后比较担心小小蜜蜂太小，所以没让他到处走。

此时的低碳百花园洋溢着美好的亲情，其乐融融，温暖如春。

见到弟弟后的小蜜蜂一时不知说什么好，天空是那样辽阔，理想更加远大，低碳走进千家万户。

小蜜蜂嘴里说着："弟弟……"两行热泪便不由自主地从小蜜蜂的脸庞流下。

蜂后在一旁看了好长时间，看小蜜蜂激动地流下了泪，便安慰道："这么能干的小蜜蜂怎么还哭鼻子呢，为理想去努力和奋斗的过程就是要有付出的啊，不经历风雨，又怎能见到那美丽彩虹呢？"

"是啊,我的好哥哥,你通过自己的努力收获了成长和别人的肯定,你做的低碳宣传也是很有意义的啊。"小小蜜蜂鼓励着小蜜蜂继续坚持自己的理想。

便捷的交通方式在低碳百花园里用处可是蛮大的,可谓无处不在,处处为人们提供方便。

小蜜蜂决定先回到他们自己家的低碳庄园看一看。

小蜜蜂和弟弟骑上自行车徜徉在低碳百花园茂密如海的花草树木中,他们的幸福无可比拟。

在小蜜蜂兄弟后面,蜂后、小胖子、高个子、瘦子等也都骑着自行车跟随着。

望着勤劳、聪慧、执著、为梦想坚持的小蜜蜂能和家人相聚,大家由衷地为他高

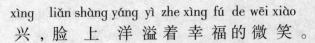

兴，脸上洋溢着幸福的微笑。

到了小蜜蜂家的低碳庄园，所有的人先是被房子顶上的东西吸引了。

喜欢开动脑筋思考问题的小胖子又是一马当先："小蜜蜂，你家房子顶上到底是什么啊，还一闪一闪亮晶晶的。"小胖子还琢磨着到小蜜蜂家里弄点好吃的健康食品。

"这你们都不认识吗？这个呀是太阳能热水器，我家还有雨水收集器呢，可多啦。"正处于相聚的幸福中的小蜜蜂高兴地说道。

挥动着翅膀的小蜜蜂开始细心地向大家介绍低碳生活的方方面面。

家里的太阳能热水器使用就是一种新能源。

而新能源又要怎么理解？所谓新能源简

XIAO MI FENG AO YOU DI TAN BAI HUA YUAN

房顶上的太阳能热水器

单来说就是非常规能源。

新能源是传统能源以外的各种能源的总称。

一些新能源还没有广泛地使用，正处于研究利用的初级阶段。

新能源主要有以下几种：太阳能、地热能、风能、海洋能、生物能和核能。

相对于新能源的就是常规能源，简单地讲，常规能源就是那些已经被广泛地应用到生产、生活中的能源，在人类的能源史上具有较长的开发利用历史。

我们为什么要去开发新能源呢，是因为那些常规能源基本上都是非可再生能源。

随着人类经济社会发展的需要，今后对能源的需求量将会更大。

而人们现在能大规模开发利用的，还主要是这些非可再生资源。

一旦这些资源用尽了，人类就会面临能源危机。

所以，开发一些新的资源是十分必要的。

然而，无论说到哪里和现实生活都是分不开的，人和动物的基本需求就是吃饱。

小蜜蜂向来都是喜欢下厨做两手好菜的，到了家之后就开始忙碌起来。

使用沼气烹煮食物，同时烹煮方式也应该是比较健康的。

像一些油
炸、烟熏的食
品都是垃圾食
品。

那么什么是
垃圾食品呢？

垃圾食品

我们常常提到的垃圾食品，是指一些仅仅提供热量，没有其他营养素的食品。抑或是这种食品所提供的超过了人体的所需，成为多余成分的一类食品。

垃圾食品主要有方便面、火腿、饼干、冷冻甜品、烧烤等。

据说世界上还评出了10大垃圾食品，它们分别是：油炸类食品、腌制类食品、加工肉类食品（肉干、香肠、火腿等）、饼干类食品（不包括低温烘烤和全麦饼干）、汽水可乐类饮料、方便类食品（主要指方便面和膨化食品）、罐头类食品（包括鱼肉类和水果类）、话梅蜜饯果脯类食品、冷冻甜品类食品（冰淇淋、冰棒、雪糕等）、烧烤类食品。

所以说，小朋友们在平时饮食上也要多加注意啦，那些对我们身体不健康的东西尽量少吃或者不吃。

小蜜蜂烹煮食品的方法，也是较为正确的。

"我为大家做了一道汤，叫紫菜蛋花汤。大家可不要小瞧了这道菜，它的营养可是很丰富的。"小蜜蜂说。

小蜜蜂说得很对。紫菜的营养含量是非常高的，含碘量很高，此外，钙、铁能增强

wǒ men de jì yì lì
我们的记忆力。

yóu yú zǐ cài suǒ fù hán de gài tiě děng yuán sù kě yǐ yǒu xiào de
由于紫菜所富含的钙、铁等元素可以有效地

cù jìn gǔ gé yá chǐ de shēng zhǎng hé bǎo jiàn xiǎo péng yǒu men jiù
促进骨骼、牙齿的生长和保健，小朋友们就

huì biàn de gèng jiā qiáng zhuàng yòu chōng mǎn huó lì hé zhāo qì
会变得更加强壮又充满活力和朝气。

děng le yī huì er xiǎo mì fēng jiù hé fēng hòu jí xiǎo huǒ bàn men
等了一会儿，小蜜蜂就和蜂后及小伙伴们

紫菜蛋花汤

zuò zài le zhuō zi kāi shǐ chī
坐在了桌子开始吃

xiāng pèn pèn de fàn cài
香喷喷的饭菜。

kàn lái zán men chī de
"看来咱们吃的

hái zhēn dōu shì xiē mán jiàn
还真都是些蛮健

kāng de shí pǐn ne xiǎo mì fēng
康的食品呢，小蜜蜂

nǐ shuō duì ba ǎi gè zi jiā
你说对吧？"矮个子夹

le jǐ kǒu cài měi zī zī de shuō dào
了几口菜，美滋滋地说道。

xiǎo mì fēng huì xīn de yī xiào shuō dào bié de xiān bù
小蜜蜂会心地一笑，说道："别的先不

shuō nǐ men dà jiā kě néng bù zhī dào de shì nǎ xiē shí pǐn shì jiàn
说，你们大家可能不知道的是，哪些食品是健

kāng shí pǐn
康食品。"

"虽然现在没有统一的概念，但是有一个共识。就是健康食品是一种适用于有特定功能需求的相应人群食用的特殊食品，它同样也取自于天然的动植物，并且具有一般食品的共性。"小蜜蜂大段大段地说着话。

实际上，通过人们在日常生活中的实际需求情况，健康食品主要可以分成四大类：营养补充型，抗氧化型，减肥型，辅助治疗型。

每一种都对应着一定的功用，为人们所需要和喜爱。

健康食品根据食物的不同类型，又被人们评出了最健康的排名。

首先在豆类食品中，包括豆浆、豆汁等，钙和维生素B的含量都很丰富，可以补充人

tǐ suǒ xū de yíng yǎng ne
体所需的营养呢。

suǒ yǐ dòu lèi yǒu zhí wù ròu zhī chēng
所以，豆类有"植物肉"之称。

hái yǒu shū cài zhōng shí zì huā lèi de shū cài bāo kuò juǎn xīn
还有，蔬菜中十字花类的蔬菜，包括卷心

cài bái cài xī lán huā děng
菜、白菜、西兰花等。

zhè xiē shí zì huā de shū cài yíng yǎng yuán sù hán liàng duō
这些十字花的蔬菜营养元素含量多。

lì rú zài xī lán huā zhōng wéi shēng sù hán liàng zài měi kè
例如，在西兰花中维生素C含量在每100克

dāng zhōng kě dá dào háo kè zuǒ yòu qí zhōng hú luó bo sù hán liàng
当中可达到50毫克左右，其中胡萝卜素含量

yě shì xiāng dāng gāo de
也是相当高的。

qí shí wǒ men shēng huó zhōng de jiàn kāng shū cài hái yǒu hěn
其实，我们生活中的健康蔬菜还有很

duō zài dī tàn bǎi huā yuán zhōng yě yǒu shí fēn guǎng fàn de zhòng zhí
多，在低碳百花园中也有十分广泛的种植。

xiǎo mì fēng zài zuò cài qián jiù qù dī tàn zhuāng yuán de cài yuán lǐ
小蜜蜂在做菜前就去低碳庄园的菜园里

zhāi le xiē dà cōng shì zi děng shū cài yīn wèi bú yòng nóng yào huà
摘了些大葱、柿子等蔬菜，因为不用农药、化

féi suǒ yǐ jì zì rán yòu jiàn kāng
肥，所以既自然又健康。

yī jiā rén de xiāng jù ràng xiǎo mì fēng hěn gāo xìng kuài lè jiàn
一家人的相聚让小蜜蜂很高兴，快乐健

kāng de shēng huó fāng shì shì dī tàn bǎi huā yuán zhōng suǒ dú jù de
康的生活方式是低碳百花园中所独具的

tè sè
特色。

　　wǎn shàng　xiǎo mì fēng tǎng zài hǎo jiǔ méi zhù guò de zì jǐ de wò
　　晚 上 ，小蜜蜂 躺 在好久没住过的自己的卧
shì lǐ hé dì di liáo zhe tiān
室里和弟弟聊着天。

　　wǒ zhōng yú yòu hé nǐ jiàn miàn la　hǎo xìng fú a　　　xiǎo
　　"我 终于又和你见 面啦，好幸福啊……"小
mì fēng mī zhe yǎn jīng lǎn lǎn de duì dì di shuō dào
蜜 蜂 眯着眼 睛 懒懒地对弟弟说 道。

　　xiǎo mì fēng de dì di qīng qīng de duì xiǎo mì fēng shuō　　shuì
　　小蜜蜂的弟弟轻 轻地对小蜜蜂 说："睡
ba　gē ge　míng tiān gèng měi
吧，哥哥，明 天 更美！"

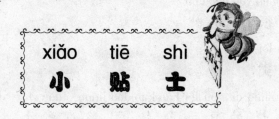

xiǎo　　tiē　　shì
小　贴　士

shí dà jiàn kāng shí pǐn
十大健 康食品

niú nǎi
1.牛奶

　　yōu zhì dàn bái hé kuàng wù zhì de zuì jiā jié hé tǐ　shì tiān rán gài
　　优质蛋白和 矿 物质的最佳结合体，是天 然钙
zhì de lái yuán　ér qiě niú nǎi bù jǐn róng yì xiāo huà yě hěn róng yì xī
质的来 源 ，而且牛奶不仅容易消 化也很容易吸
shōu　duì yú fáng zhì gǔ zhì shū sōng　cù jìn xiāo huà yě tóng yàng hěn
收 。对于防治骨质疏松，促进消化也同 样 很

yǒu yì chù
有益处。

hǎi yú
2.海鱼

yú lèi zì shēn de yíng yǎng jià zhí hěn gāo hǎi yú zé shì yú lèi
鱼类自身的营养价值很高,海鱼则是鱼类
zhōng gāo yíng yǎng jià zhí de dài biǎo hǎi yú dàn bái zhì hán liàng gāo
中高营养价值的代表。海鱼蛋白质含量高,
zhī fáng zhōng bù bǎo hé zhī fáng suān de hán liàng píng jūn yuē zhàn dào
脂肪中不饱和脂肪酸的含量平均约占到
yǐ shàng bǎo jiàn gōng xiào xiǎn zhù lìng wài hǎi yú zhōng lǜ
80%以上,保健功效显著。另外,海鱼中氯、
měi jiǎ gài děng wéi shēng sù hán liàng jiào duō duì cù jìn rén tǐ xīn
镁、钾、钙等维生素含量较多,对促进人体新
chén dài xiè hěn yǒu hǎo chù
陈代谢很有好处。

dòu lèi
3.豆类

zhè lǐ shuō de dòu lèi bāo kuò dòu jiāng dòu zhī dòu nǎi děng dòu
这里说的豆类包括豆浆、豆汁、豆奶等豆
zhì pǐn dòu lèi hán yǒu fēng fù de yōu zhì dàn bái bù bǎo hé zhī fáng
制品。豆类含有丰富的优质蛋白、不饱和脂肪
suān gài jí wéi shēng sù zú bèi chēng wéi zhí wù ròu duì yú
酸、钙及维生素B族,被称为"植物肉"。对于
cù jìn xīn xuè guǎn zhèng cháng gōng zuò fáng zhì gǔ zhì shū sōng zǔ
促进心血管正常工作,防治骨质疏松,阻
duàn hé yì zhì ái xì bāo shēng zhǎng yǒu míng xiǎn gōng xiào
断和抑制癌细胞生长有明显功效。

shū cài
4.蔬菜

特指十字花科蔬菜，包括花菜、西兰花、卷心菜、白菜等。其突出优点是含有较多的胡萝卜素、维生素C。这些十字花科蔬菜含有较为丰富的碱性元素，可以很好地维持人体的酸碱平衡。

5.禽蛋

鸭蛋、鸡蛋等除不含维生素C外，几乎含有人体所必需的所有营养素，所以像木须柿子这样的菜就既营养又可口。

6.菌类

作为菌类当中的佼佼者，黑木耳不但味道鲜美，而且具有较高的营养价值。以黑木耳为代表的菌类，具有保肝、防治动脉硬化、降低血凝、降血脂、降血糖等作用。

7.绿茶

suí zhe rén men jiē chù diàn zǐ yòng pǐn de zēng duō　kě yǐ fáng fú
随着人们接触电子用品的增多，可以防辐

shè de lǜ chá jiù chéng wéi le chá yǐn zhōng de chǒng ér　lǜ chá zhōng
射的绿茶就成为了茶饮中的宠儿。绿茶中

de chá duō fēn jù yǒu liáng hǎo de bǎo jiàn gōng xiào　yǒu hěn qiáng de
的茶多酚具有良好的保健功效，有很强的

qīng chú zì yóu jī　yì zhì yǎng huà méi děng zuò yòng de chá duō fēn duì
清除自由基、抑制氧化酶等作用的茶多酚对

yú yù fáng xīn xuè guǎn jí bìng　ái zhèng　yì zhì bìng dú　jiǎn féi děng
于预防心血管疾病、癌症、抑制病毒、减肥等

tóng yàng gōng xiào fēi fán
同样功效非凡。

hú luó bo
8.胡萝卜

hú luó bo zhōng de hú luó bo sù hán liàng jí gāo　qiě hú luó bo
胡萝卜中的胡萝卜素含量极高，且胡萝卜

dǐng bù de hú luó bo sù hán liàng bǐ xià bù yào gāo hěn duō　wài céng bǐ
顶部的胡萝卜素含量比下部要高很多，外层比

lǐ miàn gāo　hú luó bo jù yǒu bǔ zhōng xià qì　tiáo cháng wèi　ān wǔ
里面高。胡萝卜具有补中下气、调肠胃、安五

zàng děng gōng xiào
脏等功效。

fān qié
9.番茄

fān qié　yě chēng xī hóng shì　qí zhōng wéi shēng sù　de hán
番茄，也称西红柿，其中维生素C的含

liàng jí qí gāo　fān qié chú hán yǒu fēng fù de wéi shēng sù　jiǎn xìng
量极其高。番茄除含有丰富的维生素、碱性

yuán sù　xiān wéi sù　guǒ jiāo wài　hái hán yǒu fān qié hóng sù　jiā rè
元素、纤维素、果胶外，还含有番茄红素，加热

hòu hán liàng gèng gāo   fān qié hóng sù shì jiào qiáng de kàng yǎng huà
后 含 量 更 高。番 茄 红 素 是 较 强 的 抗 氧 化

jì   yǒu zhù yú gǎi shàn lǎo nián huáng bān biàn xìng   jiàng dī ái zhèng
剂，有 助 于 改 善 老 年 黄 斑 变 性，降 低 癌 症

fā shēng lù
发 生 率。

qiáo mài
10. 荞 麦

hán tàn shuǐ huà hé wù hé dàn bái zhì jiào gāo   jī hū bù hán zhī
含 碳 水 化 合 物 和 蛋 白 质 较 高，几 乎 不 含 脂

fáng   qiáo mài hán yǒu fēng fù de shàn shí xiān wéi   níng méng suān   zài
肪。荞 麦 含 有 丰 富 的 膳 食 纤 维、柠 檬 酸，在

fáng zhì gāo xuè yā jí xīn xuè guǎn jí bìng zhōng yǒu liáng hǎo zuò yòng
防 治 高 血 压 及 心 血 管 疾 病 中 有 良 好 作 用。

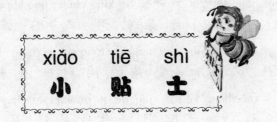

xiǎo   tiē   shì
小 贴 士

wèi lái de xīn néng yuán
未 来 的 新 能 源

bō néng
1. 波 能

bō néng jí hǎi yáng bō làng néng   zhè zhǒng néng yuán de yōu diǎn
波 能 即 海 洋 波 浪 能，这 种 能 源 的 优 点

shì wú wū rǎn   kě zài shēng
是 无 污 染、可 再 生。

kě rán bīng
2. 可 燃 冰

kě rán bīng de wài xíng yǔ bīng jiào wéi xiāng sì　　gù ér dé míng
可燃冰的外形与冰较为相似，故而得名。

cǐ zhǒng néng yuán zài dī wēn gāo yā xià chéng wěn dìng zhuàng tài　bīng
此种能源在低温高压下呈稳定状态，冰

róng huà hòu kě shì fàng de kě rán qì tǐ xiāng dāng yú yuán gù tǐ huà hé
融化后可释放的可燃气体相当于原固体化合

wù tǐ jī de　　bèi zuǒ yòu　shì yī zhǒng shǐ yòng xiào lǜ jí gāo de xīn
物体积的100倍左右，是一种使用效率极高的新

néng yuán
能源。

méi céng qì
3. 煤层气

shì zài méi biàn zhì guò chéng zhōng xíng chéng de qì tǐ　bìng jù
是在煤变质过程中形成的气体，并具

yǒu kě rán xìng　méi tàn zài zì shēn de xíng chéng guò chéng zhōng　yóu
有可燃性。煤炭在自身的形成过程中，由

yú wēn dù jí yā lì zēng jiā　biàn zhì de tóng shí yī bìng shì fàng chū kě
于温度及压力增加，变质的同时一并释放出可

rán xìng qì tǐ　zhè zhǒng kě rán xìng qì tǐ jiù shì méi céng qì
燃性气体，这种可燃性气体就是煤层气。

wēi shēng wù
4. 微生物

yī xiē guó jiā shèng chǎn gān zhè　tián cài　mù shǔ děng nóng zuò
一些国家盛产甘蔗、甜菜、木薯等农作

wù　tā men lì yòng wēi shēng wù fā jiào jì shù　kě zhì chéng jù yǒu rán
物，他们利用微生物发酵技术，可制成具有燃

shāo wán quán　xiào lǜ gāo　wú wū rǎn děng tè diǎn de jiǔ jīng
烧完全、效率高、无污染等特点的酒精。

dì sì dài hé néng yuán
5. 第四代核能源

lì yòng zhèng fǎn wù zhì de hé jù biàn   zhì zào chū de wú rèn hé wū

利用 正反物质的核聚变，制造出的无任何污

rǎn de xīn xíng hé néng yuán

染的新型核能 源。

dì sān jié   bān jiǎng yí shì
第三节　颁奖仪式

dī tàn shēng huó shì dà jiā suǒ xiàng wǎng de shēng huó

低碳生活是大家所向 往的生活。

xiǎo mì fēng zài chàng dǎo xuān chuán dī tàn   dà jiā yě zài hù xiāng

小蜜蜂在倡导宣 传低碳，大家也在互相

jiè jiàn xué xí jiāo liú   zěn yàng de dī tàn fāng shì néng ràng wǒ men de

借鉴学习交流，怎样的低碳方式能 让我们的

shēng huó gèng měi hǎo

生活更美好。

dī tàn de shēng huó zhōng   tiān kōng shì wèi lán de   niǎo ér zài zì

低碳的生活中，天空是蔚蓝的，鸟儿在自

yóu zì zài de fēi xiáng

由自在地飞翔。

xià tiān shì zhèng cháng de yán rè   dōng tiān shì zhèng cháng de hán

夏天是正 常的炎热，冬天是正 常的寒

lěng   zài bú huì shì xià tiān yì cháng yán rè   zài bú huì shì nuǎn dōng pín

冷。再不会是夏天异 常 炎热，再不会是暖 冬频

fán chū xiàn   wǒ men dōu qù jiān chí dī tàn shēng huó fāng shì   shēng huó

繁出现，我们都去坚持低碳 生 活方式，生 活

jiù huì gèng měi hǎo

就会更美好！

xiǎo mì fēng dài zhe lìng wài   wèi dī tàn xuān chuán yuán shào nián

小蜜蜂带着另外7位低碳宣 传员少 年、

gāo gè zi　ǎi gè zi　xiǎo pàng zi　shòu zi　pàng zi hé měi nǚ　lái
高个子、矮个子、小胖子、瘦子、胖子和美女，来

dào fēng hòu de dī tàn zhuāng yuán
到蜂后的低碳庄园。

zài fēng hòu nà lǐ　　wèi dī tàn xuān chuán yuán dōu jiāng yīn pǔ
在蜂后那里，8位低碳宣传员都将因普

jí　xuān chuán dī tàn yǒu gōng ér róng yīng dī tàn xūn zhāng
及、宣传低碳有功而荣膺低碳勋章。

ér jiū jìng dī tàn xūn zhāng shì shén me ne　gāo gè zi tā men hái
而究竟低碳勋章是什么呢，高个子他们还

bù zhī dào　jiù lián xiǎo mì fēng yě bù xiǎo dé
不知道，就连小蜜蜂也不晓得。

fēng hòu　　wǒ men lái la　wǒ men shì lái jiē shòu dī tàn xūn zhāng
"蜂后，我们来啦，我们是来接受低碳勋章

de　kuài gào sù wǒ men dī tàn xūn zhāng dào dǐ shì shén me a　　xiǎo
的，快告诉我们低碳勋章到底是什么啊？"小

mì fēng shuō
蜜蜂说。

nǐ men zuò de hěn hǎo　nǐ men zuò wéi dī tàn xuān chuán yuán
"你们做得很好，你们作为低碳宣传员，

hěn hǎo de xuān chuán le zhèng què de dī tàn shēng huó fāng shì　　fēng
很好地宣传了正确的低碳生活方式。"蜂

hòu shuō dào
后说道。

xià miàn qǐng měi yī wèi dī tàn xuān chuán yuán　jiǎng yī xià
"下面请每一位低碳宣传员，讲一下

cóng zhī dào dī tàn dào rèn shí dī tàn　zài dào liǎo jiě dī tàn de xīn lǐ
从知道低碳到认识低碳，再到了解低碳的心理

gǎn shòu
感受。"

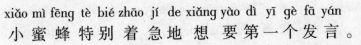

小蜜蜂特别着急地想要第一个发言。

可是蜂后对他说："你是与低碳接触时间最长的，所以你要最后发言，你是压轴戏。"

少年凭着年轻人的冲劲与活力，率先发言。

"记得那天遇到小蜜蜂的时候我正在网吧上网，对，那晚是包宿。那时我特别喜欢玩网络游戏，实在是太喜欢网络游戏了，已经达到痴迷的程度了，攻城略地时让我有一种莫大的成就感。可是我后来发现，经常玩网络游戏不但对视力不好，而且不利于身心健康，没有良好的休息、睡眠，而且电脑还会费很多电。"

少年看了看小蜜蜂，高兴地笑了起来。喝了一口水，少年又清了清嗓子。

XIAO MI FENG AO YOU DI TAN BAI HUA YUAN

"小蜜蜂和我见面的当晚，就对我说像我这样玩网络游戏是不行的。长时间对着电脑不仅影响视力，而且电脑的辐射对大脑不好。电脑长时间工作释放出来大量的热量、二氧化碳使得我们生活的环境变得更加恶劣。我当时摸摸电脑感觉了一下，小蜜蜂说得很对。

"这一路上和小蜜蜂，和低碳宣传员们结下很深的友情，而且我们互相帮助，彼此对于低碳都有了更深的理解。低碳不是一个人的事，低碳要大家都去做才行，大家齐心协力，热爱低碳生活，我们的生活也会像低碳百花园一样自然美好。"

蜂后为少年鼓掌，大家也为他叫好。

每个人都有很多的低碳感言，大家争先

kǒng hòu de zhǔn bèi fā
恐 后 地 准 备 发

yán
言。

kàn zhe xiǎo pàng zi nà
看 着 小 胖 子 那

kě ài de yàng zi dà jiā
可 爱 的 样 子，大 家

dōu jué dìng xiān ràng zhè gè
都 决 定 先 让 这 个

xiǎo péng yǒu fā yán
小 朋 友 发 言。

xiǎo pàng zi lǐ mào de
小 胖 子 礼 貌 地

gěi dà jiā jìng le yī gè lǐ
给 大 家 敬 了 一 个 礼。

小蜜蜂着急要发言

wǒ de jiā tíng tiáo jiàn hěn hǎo bà ba mā ma cóng xiǎo yòu fēi
"我 的 家 庭 条 件 很 好，爸 爸、妈 妈 从 小 又 非

cháng téng ài wǒ suǒ yǐ dǎo zhì wǒ zhǎng chéng gè xiǎo pàng zi qí shí
常 疼 爱 我，所 以 导 致 我 长 成 个 小 胖 子。其 实

wǒ yě méi bàn fǎ xiǎo mì fēng xuān chuán dī tàn lái dào wǒ de shēng rì
我 也 没 办 法。小 蜜 蜂 宣 传 低 碳 来 到 我 的 生 日

jù huì nà tiān wǒ hái zài dà chī dà hē dōng xi chī bù wán jiù rēng
聚 会 那 天，我 还 在 大 吃 大 喝，东 西 吃 不 完 就 扔

diào yǐ jīng yǎng chéng xí guàn la kě shì dāng wǒ tīng dào yī gè kě
掉，已 经 养 成 习 惯 啦。可 是 当 我 听 到 一 个 可

ài de shēng yīn zài jiào wǒ shí wǒ jiù hěn yǒu xìng qù kàn kan zhè kě ài
爱 的 声 音 在 叫 我 时，我 就 很 有 兴 趣 看 看 这 可 爱

de shēng yīn jiū jìng shì shuí fā chū de yuán lái shì xiǎo mì fēng xiǎo mì
的 声 音 究 竟 是 谁 发 出 的，原 来 是 小 蜜 蜂。小 蜜

蜂对我说浪费食物的做法是错误的，现在提倡的是低碳、节约、节能的生活方式，我们应该从小做起，成为低碳宣传员。不仅自己要做到不浪费，还告诉身边的人不要浪费，一起低碳。那个大蛋糕如果不浪费，后来还能吃好几顿呢，哈哈……"

小胖孩子气的话，虽然没有什么深度，但是他的话语里已经满是对于低碳生活的努力和畅想。

蜂后很满意大家的发言，吩咐蜜蜂们给大家送上了泉水花蜜，要知道这只有低碳百花园最尊贵的客人才能享用。

蜜蜂们为8位低碳宣传员跳起了欢快的舞蹈。

随后矮个子、高个子、瘦子、胖子、美女也分别

fā le yán
发了言。

yī gè shuō de bǐ yī gè jīng cǎi
一个说得比一个精彩。

zuì shòu guān zhù de jiù shì xiǎo mì fēng tán xīn lǐ gǎn shòu
最受关注的就是小蜜蜂谈心理感受。

yīn wèi dà jiā dōu shì tōng guò xiǎo mì fēng de xuān chuán cái jué dìng
因为大家都是通过小蜜蜂的宣传才决定

hé tā yī qǐ lái xuān chuán dī tàn de suǒ yǐ dà jiā de mù guāng dōu zhù
和他一起来宣传低碳的,所以大家的目光都注

shì zhe xiǎo mì fēng kàn tā zěn me shuō
视着小蜜蜂,看他怎么说。

xiǎo mì fēng kàn zhe dà jiā de mù guāng gǎn jué shí jiān jiù xiàng hǎi
小蜜蜂看着大家的目光感觉时间就像海

mián lǐ de shuǐ yuè jǐ yuè shǎo
绵里的水越挤越少。

xiǎo mì fēng de nǎo hǎi zhōng fú xiàn zhe dāng chū hé dà jiā yī qǐ
小蜜蜂的脑海中浮现着当初和大家一起

xiāng shí de qíng jǐng liú hàn wán yóu xì de shào nián bàn gōng lóu lǐ
相识的情景,流汗玩游戏的少年,办公楼里

de gāo gè zi ǎi gè zi pàng zi shòu zi shǐ yòng shí shàng shǒu jī
的高个子、矮个子、胖子、瘦子,使用时尚手机

de měi nǚ guò shēng rì chī dà cān de xiǎo pàng zi
的美女,过生日,吃大餐的小胖子。

shí jiān zài zhè yī kè fǎng fú tíng zhì le
时间在这一刻仿佛停滞了。

dī tàn shì wǒ men pò zài méi jié de xuǎn zé wǒ men yīng gāi ài
"低碳是我们迫在眉睫的选择,我们应该爱

hù wǒ men suǒ shēng cún de dì qiú yīn wèi tā wèi wǒ men tí gōng yáng
护我们所生存的地球,因为它为我们提供阳

光、空气和水。"小蜜蜂略显严肃地说，"我们的目标，就是把所有地方都低碳得像低碳百花园一样。只有人们都在现实生活中认识到了这一点，低碳才能实实在在进入到千家万户的生活中去，帮助大家节电、节油、节约煤气、节约纸张。"

小蜜蜂发言后，蜂后就开始颁发低碳勋章。

小胖子、高个子、美女几个人悄悄地走到前面想一睹究竟。

可是聪明的蜂后把他们拦了回去。

过了一会儿，出现了一群蜜蜂，他们手拿乐器开始演奏。

滴滴答，滴滴答，咚咚，咚咚咚……

下面由蜂后为低碳宣传员颁发低碳勋章。蜂后拿着一个神秘的小盒子出现在大家

miàn qián
面 前。

bān fā dī tàn xūn
"颁发低碳勋

zhāng yí shì xiàn zài kāi
章 仪式现在开

shǐ　　fēng hòu shuō
始！"蜂 后 说。

dà jiā yī kàn
大 家 一 看，

yuán lái shì hóng sè de
原 来 是 红 色 的

fēng yè a
枫 叶 啊。

蜂后为大家颁发奖牌红色枫叶

fēng hòu hé dà jiā jiǎng　　　suī rán měi gè rén zhǐ shì yī piàn hóng sè
蜂 后 和 大 家 讲："虽 然 每 个 人 只 是 一 片 红 色

de fēng yè　　dàn shì zhè xiē fēng yè yǐ jīng yǒu　nián de shōu cáng lì shǐ
的 枫 叶，但 是 这 些 枫 叶 已 经 有 5 年 的 收 藏 历 史

le
了。

nǐ men wén yī wén fēng yè jiù zhī dào la
"你 们 闻 一 闻 枫 叶 就 知 道 啦。"

guǒ rán　　zhè fēng yè shàng yǒu yī chóng lì jiǔ mí xīn de wèi dào
果 然，这 枫 叶 上 有 一 种 历 久 弥 新 的 味 道，

hǎo xiàng nà kē fēng shù jiù zài dà jiā miàn qián
好 像 那 棵 枫 树 就 在 大 家 面 前。

dī tàn de yì jìng jiù zài yú cǐ　　yī yè zhī qiū
低 碳 的 意 境 就 在 于 此，一 叶 知 秋！

dào dī tàn bǎi huā yuán de cān guān jī běn jié shù le　　gāi shì fēn
到 低 碳 百 花 园 的 参 观 基 本 结 束 了，该 是 分

bié de shí hòu le
别的时候了，。

xiǎo mì fēng shào nián gāo gè zi ǎi gè zi xiǎo pàng zi měi
小蜜蜂、少年、高个子、矮个子、小胖子、美

nǚ shòu zi hé pàng zi kāi le yī chǎng xìng fú pài duì
女、瘦子和胖子开了一场幸福派对。

jǐ gè rén ná qǐ píng shí dī tàn shēng huó néng yòng dào de guō
几个人拿起平时低碳生活能用到的锅、

wǎn sháo zi děng dōng xi tiào zhe wǔ chàng zhe gē
碗、勺子等东西跳着舞，唱着歌。

wǔ shì luàn wǔ gē gēn běn jiù bú zài diào shàng
舞是乱舞，歌根本就不在调上。

dà jiā wán de réng rán hěn kāi xīn yīn wèi yǒu dī tàn zài tā men
大家玩得仍然很开心，因为有低碳在他们

shēn biān
身边。

suǒ yǒu rén dōu xìn xīn mǎn huái xiǎo mì fēng hǎn dào wǒ men
所有人都信心满怀。小蜜蜂喊道："我们

de kǒu hào shì dī tàn dī tàn dī tàn dī tàn
的口号是低碳！低碳！低碳！低碳！"

dī tàn de shēng huó jiàn kāng kuài lè xìng fú wú xiàn
低碳的生活，健康快乐，幸福无限！

qù wèi wèn dá
趣 味 问 答

dī tàn dān xuǎn　　tí
低 碳 单 选 19题

quán qiú biàn nuǎn zuì zhǔ yào de yuán yīn shì
1．全 球 变 暖 最主要 的 原 因 是 （　　）

shuǐ wū rǎn
A．水 污 染

èr yǎng huà tàn pái fàng zēng duō
B．二 氧 化 碳 排 放 增 多

zì rán zāi hài
C．自 然 灾 害

dì zhèn
D．地 震

yǐ xià dī tàn fāng shì zhèng què de shì
2．以 下 低 碳 方 式 正 确 的 是 （　　）

shǐ yòng jié néng dēng
A．使 用 节 能 灯

kāi kōng tiáo shí kāi chuāng
B．开 空 调 时 开 窗

suí dì luàn rēng dōng xi
C．随 地 乱 扔 东 西

tǎng zhe kàn shū
D．躺 着 看 书

xià miàn de xíng wéi zhōng shǔ yú dī tàn de shì

3.下面的行为中属于低碳的是（　）

huá lóng zhōu

A.划龙舟

shuì jiào qián guān dēng

B.睡觉前关灯

shuì jiào

C.睡觉

shàng kè zǒu shén

D.上课走神

duì xiǎo mì fēng miáo shù bú zhèng què de shì

4.对小蜜蜂描述不正确的是（　）

yì chóng　　　　　　bù zhī dào

A.益虫　　　　　　B.不知道

wú suǒ wèi　　　　　hài chóng

C.无所谓　　　　　D.害虫

gù shì zhōng xiǎo mì fēng de dì di jiào

5.故事中小蜜蜂的弟弟叫（　）

dà xióng

A.大熊

tiān xiàn bǎo bao

B.天线宝宝

xiǎo xiǎo mì fēng

C.小小蜜蜂

shuài zi

D.帅子

dī tàn shēng huó　de yīng wén xiě fǎ zhèng què de shì

6."低碳生活"的英文写法正确的是（　）

A.low carbon　　　　B.low carbon living

228

C.carbon living　　D.living

fēng hòu bān gěi bā wèi dī tàn xuān chuán yuán de xūn zhāng shì
7.蜂 后 颁 给 八 位 低 碳 宣 传 员 的 勋 章 是
(　　)

lù sè fēng yè
A.绿色枫叶
huáng sè fēng yè
B.黄 色 枫 叶

hóng sè fēng yè
C.红 色 枫 叶
jī tuǐ
D.鸡腿

yǐ xià chū xiàn zài gù shì zhōng de rén wù yǔ shǒu jī yǒu guān de
8.以 下 出 现 在 故 事 中 的 人 物 与 手 机 有 关 的
shì
是 (　　)

shòu zi
A.瘦 子
pàng zi
B.胖 子

xiǎo pàng zi
C.小 胖 子
měi nǚ
D.美 女

xiǎo mì fēng wèi dà jiā zuò de dī tàn shēng huó fāng shì shì fàn
9.小 蜜 蜂 为 大 家 做 的 低 碳 生 活 方 式 示 范
shì
是 (　　)

jié shuǐ
A.节 水
jié diàn
B.节 电

jié yī
C.节 衣
jié yóu
D.节 油

gù shì zhōng de　mǔ zhǐ jī qì　zhǐ de shì
10.故 事 中 的 "拇指机器" 指 的 是 (　　)

yáo kòng qì
A.遥 控 器
shǒu jī
B.手 机

shǒu biǎo
C.手 表

sháo zi
D.勺 子

gù shì zhōng méi yǒu qù dī tàn bǎi huā yuán de bù bāo kuò
11.故 事 中 没 有 去 低 碳 百 花 园 的 不 包 括 （ ）

jié néng dēng
A.节 能 灯

bīng xiāng
B.冰 箱

mèng huàn shān gǔ
C.梦 幻 山 谷

dà shù yé ye
D.大 树 爷 爷

dī tàn rén rén yǒu zé   zhè jù huà bù bāo kuò
12."低 碳 人 人 有 责"这 句 话 不 包 括 （ ）

fáng zi
A.房 子

xiǎo péng yǒu
B.小 朋 友

shū shu ā yí
C.叔 叔、阿 姨

dà jiě jie
D.大 姐 姐

nǐ rèn wèi xiǎo péng yǒu duì dài dī tàn de zuì jiā tài dù yīng gāi
13.你 认 为 小 朋 友 对 待 低 碳 的 最 佳 态 度 应 该

shì
是 （ ）

bù zhī dào
A.不 知 道

cóng wǒ zuò qǐ
B.从 我 做 起

bié rén de shì   yǔ wǒ wú guān
C.别 人 的 事，与 我 无 关

wǒ hái xiǎo   bù dǒng
D.我 还 小，不 懂

yǐ xià shǔ yú dī tàn wù qū de shì
14.以 下 属 于 低 碳 误 区 的 是 （ ）

yòng liǎn pén xǐ liǎn
A.用 脸 盆 洗 脸

shǐ yòng jié néng dēng
B.使 用 节 能 灯

230

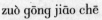

zuò gōng jiāo chē
C.坐公交车

diàn shì jī guān píng mù jiù bú fèi diàn
D.电视机关屏幕就不费电

xià miàn bú shì diàn nǎo zǔ chéng bù jiàn de shì
15.下面不是电脑组成部件的是（　）

xiǎn shì píng　　　　　　shǔ biāo
A.显示屏　　　　　　B.鼠标

shù jù xiàn　　　　　　jiàn pán
C.数据线　　　　　D.键盘

yǐ xià fāng fǎ zhōng shǔ yú zhèng què bǎo yǎng diàn shì jī de
16.以下方法中属于正确保养电视机的

shì
是（　）

cháng shí jiān guān kàn diàn shì
A.长时间观看电视

dìng qī qīng lǐ diàn shì jī
B.定期清理电视机

diàn shì jī shàng fàng yī kuài zhē chén bù
C.电视机上放一块遮尘布

bǎ diàn shì jī tiáo liàng　　sè cǎi xiān yàn
D.把电视机调亮，色彩鲜艳

xià miàn de biǎo dá shì zhōng zhèng què biǎo dá èr yǎng huà tàn
17.下面的表达式中正确表达二氧化碳

de shì
的是（　）

A.CO_2　　　B.SO_2

C.H_2O　　　D.CO

xià miàn de gǔ shī cí zhōng miáo xiě mì fēng de shì
18. 下面的古诗词中 描写蜜蜂的是（　　）

zhǐ shàng dé lái zhōng jué qiǎn jué zhī cǐ shì yào gōng xíng
A. 纸上得来终觉浅，绝知此事要躬行

cǎi dé bǎi huā chéng mì hòu wèi shuí xīn kǔ wèi shuí tián
B. 采得百花成蜜后，为谁辛苦为谁甜

chōu dāo duàn shuǐ shuǐ gèng liú jǔ bēi xiāo chóu chóu gèng chóu
C. 抽刀断水水更流，举杯消愁愁更愁

mèng lǐ bù zhī shēn shì kè yī shǎng tān huān
D. 梦里不知身是客，一晌贪欢

xià miàn de yǔ jù zhōng yǒu guān dī tàn de shì
19. 下面的语句中有关低碳的是（　　）

wǒ zì héng dāo xiàng tiān xiào qù liú gān dǎn liǎng kūn lún
A. 我自横刀向天笑，去留肝胆两昆仑

xīn yǒu duō dà wǔ tái jiù yǒu duō dà
B. 心有多大，舞台就有多大

xǐ cài shuǐ yǎng huā
C. 洗菜水养花

tiān liáng tiān yī shang
D. 天凉添衣裳

dá 答 àn 案	1. B	2. A	3. B	4. D	5. C	6. B
	7. C	8. D	9. A	10. B	11. C	12. A
	13. B	14. D	15. C	16. B	17. A	18. B
	19. C					